菜英文

English World

生活應用篇

張瑜凌 著

國家圖書館出版品預行編目資料

菜英文. 生活應用篇 / 張瑜凌著.
-- 三版. -- 新北市：雅典文化事業有限公司, 民112.03
面；　公分. -- (全民學英文；66) QR版
ISBN 978-626-7245-01-9(平裝)
1.CST: 英語 2.CST: 會話
805.188　　　　　　　　　　　　　　111019403

全民學英文系列 66

菜英文：生活應用篇

作者／張瑜凌
責編／張瑜凌
美術編輯／姚恩涵
封面設計／林鈺恆

法律顧問：方圓法律事務所／涂成樞律師

總經銷／永續圖書有限公司
永續圖書線上購物網
www.foreverbooks.com.tw

雲端回函卡

出版日／2023年03月

雅典文化

出版社

22103　新北市汐止區大同路三段194號9樓之1
TEL　（02）8647-3663
FAX　（02）8647-3660

開口說英文真簡單!

學習任何語言都一樣,要能運用自如使用語言,方法很簡單:「只要你肯開口說」!

語言只是一種溝通的管道,就和每個人當初在學習母語的過程是一樣,語言得透過不斷的練習,增加使用技巧!但是當你學會了所有的英文單字、文法後,卻仍舊不願意說出口,這和不會說英文的人是一樣的程度的,換言之,縱使沒有上過正式的英文學習課程,您仍舊可以透過自學的方式,掌握「開口說英文」的訣竅。

本書「菜英文【生活應用篇】」是強調中文式發音的學習方式,透過中文的發音輔助您的英文發音,協助您開口說英文!此外,本書還附有隨書導讀QR Code,您可以跟隨外籍英文導讀師逐句唸誦,以加強英文發音的正確性。

隨書導讀QRCode均標示在雙數頁,是為跨頁單元的內容,方便您能一次隨掃隨聽跨頁內容。

學習英文沒有訣竅,只要能夠每天撥出一段時間,堅持學習英文的毅力,就能讓英文程度日漸提升!

目錄 Contents

目錄 Contents

目錄 Contents

013

目錄　Contents

目錄 Contents

菜英文 English World 生活應用篇

目錄 Contents

目錄 Contents

目錄 Contents

目錄　Contents

目錄 Contents

目錄 Contents

嗨，史考特！

Hi, Scott.

嗨　史考特

同義

哈囉！
►Hello.
哈囉

嘿！
►Hey.
嘿

會話

A	中 史考特，你好！	
	英 Hello, Scott.	
	音 哈囉　史考特	
B	中 嗨，史密斯先生！	
	英 Hi, Mr. Smith.	
	音 嗨 密斯特 史密斯	

會話

A	中 哈囉，各位！	
	英 Hello, guys.	
	音 哈囉　蓋斯	
B	中 嗨，史密斯醫師！	
	英 Hi, Dr. Smith.	
	音 嗨 搭特兒 史密斯	

嗨，你好！

Hi, there.

嗨　淚兒

同義

你好嗎？
► How are you doing?
好　阿　優　督引

你好嗎？
► How do you do?
好　賭　優　賭

會話

A	中 嗨，你好！ 英 Hi, there. 音 嗨　淚兒	
B	中 早安，史密斯先生。 英 Good morning, Mr. Smith. 音 估　摸寧　密斯特 史密斯	

會話

A	中 你好嗎？ 英 How are you doing? 音 好　阿　優　督引	
B	中 馬馬虎虎！你呢？ 英 So-so. How about you? 音 蒐蒐　好　せ保特　優	

早安！

Good morning.

估　　摸寧

相關

午安！
▶Good afternoon.
　估　　せ副特怒

晚安！
▶Good evening.
　估　　依附寧

晚安！（晚上臨別前的道別）
▶Good night.
　估的　耐特

會話

A	中 史考特，早安！	
	英 Good morning, Scott.	
	音 估　摸寧　史考特	
B	中 早安，史密斯先生！	
	英 Good morning, Mr. Smith.	
	音 估　摸寧　密斯特 史密斯	

好久不見了！

Long time no see.

龍　太ㄇ　弄　吸

同義

好久不見了！
▶I haven't seen you for ages.
愛 黑悶　西恩 優 佛 A居斯

好久不見了！
▶It's been a long time.
依次 兵 ㄜ 龍 太ㄇ

會話

A	中	好久不見了！
	英	Long time no see.
	音	龍　太ㄇ　弄　吸
B	中	是啊！你都去哪啦？
	英	Yeah, where have you been?
	音	訝　　灰耳　黑夫　優　兵

會話

A	中	約翰？是你嗎？
	英	John? Is that you?
	音	強　意思 類　優
B	中	嗨，大衛！好久不見了！
	英	Hi, David. I haven't seen you for ages.
	音	嗨　大衛　愛 黑悶　西恩 優 佛 A居斯

你一點都沒變耶！

You haven't changed at all.

優　黑悶　　勸居的　ㄟ　歐

會話

A	中 好久不見了！
	英 It's been so long.
	音 依次 兵 蒐 龍
B	中 你一點都沒變耶！
	英 You haven't changed at all.
	音 優 黑悶 勸居的 ㄟ 歐

會話

A	中 你好嗎？
	英 How are you doing?
	音 好 阿 優 督引
B	中 很好！你一點都沒變耶！
	英 Good. You haven't changed at all.
	音 估的 優 黑悶 勸居的 ㄟ 歐

你好嗎？

How do you do?
好　賭　優　賭

同義

你好嗎？
▶How are you doing?
　好　阿　優　督引

你好嗎？
▶How are you?
　好　阿　優

會話

A	中 你好嗎？	
	英 How do you do?	
	音 好　賭　優　賭	
B	中 很好，你呢？	
	英 Great. You?	
	音 鬼雷特　優	

會話

A	中 你好嗎？	
	英 How are you doing?	
	音 好　阿　優　督引	
B	中 馬馬虎虎！你呢？	
	英 So-so. How about you?	
	音 蒐　蒐　好　也保特　優	

你看起來氣色不錯嘛！

You look great.

優　路克　鬼雷特

反義

你看起來糟透了！
▶ You look terrible.
優　路克　太蘿蔔

會話

A	中 嗨，史考特！ 英 Hi, Scott. 音 嗨　史考特	
B	中 崔西！妳看起來氣色不錯嘛！ 英 Tracy! You look great. 音 崔西　優　路克　鬼雷特	

會話

A	中 你看起來糟透了！你還好嗎？ 英 You look terrible. Are you OK? 音 優　路克　太蘿蔔　阿　優　OK	
B	中 說來話長！ 英 It's a long story. 音 依次　ㄜ　龍　斯兜瑞	

有事嗎？

What's up?

華資　　阿鋪

同義

近來如何？
▶Anything new?
　安尼性　紐

會話

A	中 嘿，兄弟！有空嗎？	
	英 Hey, man, got a minute?	
	音 嘿　賣せ　咖　と　咪逆特	
B	中 有啊，有事嗎？	
	英 Sure. What's up?	
	音 秀　　華資　阿鋪	

會話

A	中 現在忙嗎？	
	英 Busy now?	
	音 逼日　惱	
B	中 不會啊！有事嗎？	
	英 Not at all. What's up?	
	音 那ㄟ歐　華資　阿鋪	

track 005

發生什麼事了？

What happened?

華特　　黑噴的

同義

發生什麼事了？
▶ What's happened?
　華資　　黑噴的

會話

A	中	可以幫我個忙嗎？
	英	Could you do me a favor?
	音	苦糾　賭密 ㄜ 肥佛
B	中	可以啊！發生什麼事了？
	英	Sure. What happened?
	音	秀　　華特　　黑噴的

會話

A	中	發生什麼事了？
	英	What's happening?
	音	華資　　黑噴引
B	中	我不太清楚！
	英	I don't really know.
	音	愛　動特 瑞兒裡　弄

怎麼啦？

What's wrong?
華資　　弄

同義

發生什麼事了？
▶ What's going on?
華資　勾引　忘

相關

有問題嗎？
▶ Something wrong?
柔性　　弄

會話

A	中	你聽！
	英	Listen.
	音	樂身
B	中	什麼？怎麼啦？
	英	What? What's wrong?
	音	華特　　華資　弄

會話

A	中	有問題嗎？
	英	Something wrong?
	音	柔性　　　乔
B	中	我不知道！我看見了一個男人…
	英	I don't know. I saw a man...
	音	愛　動特　弄　愛　瘦　ㄜ　賣せ

你發生什麼事了？

What happened to you?

華特　　　黑噴的　　兔　優

同義

你發生什麼事了？
► What's the matter with you?
華資　勒　妹特耳　位斯　優

會話

A	🀄	你發生什麼事了？
	🏴	What happened to you?
	🔊	華特　　黑噴的　　兔　優
B	🀄	我剛剛失去了一位好友。
	🏴	I've just lost one of my best friends.
	🔊	愛夫 賈斯特 漏斯特 萬 歐夫 買 貝斯特 副蘭得斯

會話

A	🀄	啊！好痛！
	🏴	Ouch, it hurts.
	🔊	澳區　一特 赫ち
B	🀄	你發生什麼事了？
	🏴	What happened to you?
	🔊	華特　　黑噴的　　兔　優

有什麼問題嗎？

What's the problem?

華資　　勒　　撲拉本

同義

有問題嗎？
▶Is that a problem?
意思　類 ㄜ　撲拉本

有問題嗎？
▶Is there something wrong?
意思　淚兒　桑性　　弄

會話

A	中 有什麼問題嗎？ 英 What's the problem? 音　華資　　勒　　撲拉本
B	中 我覺得不舒服。 英 I don't feel well. 音　愛 動特 非兒 威爾

會話

A	中 有問題嗎？ 英 Is that a problem? 音　意思 類 ㄜ　撲拉本
B	中 是的，我有問題！ 英 Yes. I have a question. 音　夜司 愛　黑夫 ㄜ　魁私去

有沒有問題？

Any problem?
安尼　撲拉本

同義

有任何問題嗎？
▶ Any questions?
安尼　魁私去斯

還有問題嗎？
▶ Do you have any questions?
賭　優　黑夫 安尼 魁私去斯

會話

A	中 有沒有問題？ 英 Any problem? 音 安尼　撲拉本
B	中 沒有！謝謝關心！ 英 No. Thanks for asking. 音 弄　山克斯　佛　愛斯清

會話

A	中 有沒有問題？ 英 Any problem? 音 安尼　撲拉本
B	中 有，我要打電話！ 英 Yes, I need to make a phone call. 音 夜司 愛 尼的 兔 妹克 ㄜ 封 摳

你還好吧？

Are you OK?

阿　優　OK

同義

你還好吧？
► Are you all right?
　阿　優　歐　軟特

相關

你確定你沒事？
► Are you sure you are OK?
　阿　優　秀　優　阿　OK

會話

A	中 你看起來臉色蒼白！你還好吧？
	英 You look pale. Are you OK?
	音 優　路克　派耳　阿　優　OK
B	中 我不太舒服！
	英 I feel sick.
	音 愛　非兒　西客

會話

A	中 你還好吧？
	英 Are you OK?
	音 阿　優　OK
B	中 我很好！
	英 I'm fine.
	音 愛門　凡

我很好！

I'm fine.

愛門 凡

同義

我很好！
▶I'm great.
愛門 鬼雷特

我還可以。
▶I'm doing fine.
愛門 督引 凡

會話

A	中 你好嗎？	
	英 How are you?	
	音 好　阿　優	
B	中 我很好！	
	英 I'm fine.	
	音 愛門　凡	

會話

A	中 你好嗎？	
	英 How are you doing?	
	音 好　阿　優　督引	
B	中 我很好！你好嗎？	
	英 I'm great. How about you?	
	音 愛門 鬼雷特　好　也保特　優	

我是史考特。

I'm Scott.

愛門　史考特

同義

我是史考特·懷特。
▶I'm Scott White.
　愛門 史考特 懷特

我的名字是史考特。
▶My name is Scott.
　買 捏嗯 意思 史考特

相關

我是史考特，崔西的先生。
▶I'm Scott, Tracy's husband.
　愛門 史考特 崔西斯 哈色奔

會話

A	中 請問你是…？ 英 And you are...? 音 　安　優　阿	
B	中 我是史考特。 英 I'm Scott. 音 愛門 史考特	

叫我崔西就好。

Just call me Tracy.

賈斯特　摳　密　崔西

同義

請叫我崔西就好。
▶Please call me Tracy.
　普利斯　摳　密　崔西

會話

A	中 這是我太太崔西。 英 This is my wife Tracy. 音 利斯 意思 買 愛夫　崔西	
B	中 很高興和妳見面，瓊斯太太。 英 Good to see you, Mrs. Jones. 音 估的　兔 吸　優　密斯一絲 瓊斯	
C	中 叫我崔西就好。 英 Just call me Tracy. 音 賈斯特 摳　密　崔西	

會話

A	中 嗨，瓊斯先生。 英 Hi, Mr. Jones. 音 嗨 密斯特　瓊斯	
B	中 請叫我約翰就好。 英 Please call me John. 音　普利斯　摳　密　強	

這是我的太太崔西。

This is my wife Tracy.

利斯　意思　買　　愛夫　　崔西

相關

來見見我的老闆大衛。
▶ Come to see my boss David.
　康　兔　吸　買　伯斯　大衛

會話

A	中 親愛的，這是我的老闆大衛。	
	英 Honey, this is my boss David.	
	音 航泥　利斯 意思 買　伯斯　　大衛	
B	中 很認識妳是我的榮幸。	
	英 My pleasure to meet you.	
	音 買　舖來揪　兔 密　優	
C	中 能認識你才是我的榮幸。	
	英 The pleasure is mine.	
	音 勒　舖來揪 意思 賣	

你叫什麼名字？

What's your name?

華資　幼兒　捏嗯

同義

你說你叫什麼名字？
▶ What's your name again?
華資　幼兒　捏嗯　愛乾

我該怎麼稱呼你？
▶ What should I call you?
華特　秀得　愛摳　優

會話

A	中 我是崔西，你叫什麼名字？
	英 I'm Tracy. What's your name?
	音 愛門　崔西　華資　　幼兒　捏嗯
B	中 叫我CJ就好！
	英 Just call me CJ.
	音 賈斯特　摳　密　CJ

會話

A	中 你說你叫什麼名字？
	英 What's your name again?
	音 華資　　幼兒　捏嗯　愛乾
B	中 我是大衛·瓊斯。
	英 I'm David Jones.
	音 愛門　大衛　瓊斯

我們以前不曾見過面。

We have never met before.

屋依　黑夫　耐摩　妹特　必佛

相關

我們以前見過面嗎？

▶Have we ever met before?
　黑夫 屋依 A模 妹特 必佛

會話

A	中 你們以前見過面嗎？	
	英 Have you met each other before?	
	音 黑夫　優　妹特　一區　阿樂　必佛	
B	中 沒有，我們以前不曾見過面。	
	英 No. We have never met before.	
	音 弄　屋依 黑夫　耐摩　妹特　必佛	

會話

A	中 我們以前見過面嗎？	
	英 Have we ever met before?	
	音 黑夫 屋依 A模　妹特　必佛	
B	中 我們以前不曾見過面。	
	英 We have never met before.	
	音 屋依 黑夫　耐摩　妹特　必佛	

你們彼此認識嗎？

Do you know each other?

賭　優　弄　　一區　阿樂

同義

你認識蘇珊嗎？
► Have you ever met Susan?
　黑夫　優　A模　妹特　蘇森

會話

A	中	大衛，你們彼此認識嗎？
	英	David, do you know each other?
	音	大衛　賭　優　弄　一區　阿樂
B	中	我想我們以前沒見過面吧！
	英	I don't believe we've ever met before.
	音	愛 動特　逼力福　為夫　A模　妹特　必佛

會話

A	中	你認識蘇珊嗎？
	英	Have you ever met Susan?
	音	黑夫　優　A模　妹特　蘇森
B	中	我想應該沒有吧！
	英	No, I don't think so.
	音	弄　愛 動特　施恩克　蒐

很高興認識你。

Nice to meet you.

耐斯　兔　密　優

同義

很高興認識你。
▶It's nice to meet you.
依次 耐斯 兔　密　優

我很高興認識你。
▶I'm glad to meet you.
愛門 葛雷得 兔 密　優

會話

A	中	我認識你。你是史考特，對吧？
	英	I do know you. Scott, right?
	音	愛賭 弄　優 史考特　軟特
B	中	是啊！很高興認識你。
	英	Yes. Nice to meet you.
	音	夜司 耐斯 兔　密　優

會話

A	中	很高興認識你。
	英	It's nice to meet you.
	音	依次 耐斯 兔　密　優
B	中	我也很高興認識你。
	英	Nice to meet you too.
	音	耐斯 兔　密　優 兔

你(們)今晚忙嗎？

Are you busy tonight?

阿　優　逼日　特耐

相關

你(們)今晚有要做什麼事嗎？
▶ Are you doing anything tonight?
阿　優　督引　安尼性　特耐

你(們)今晚有事嗎？
▶ Do you have any plans for tonight?
賭　優　黑夫　安尼　不蘭斯　佛　特耐

會話

A	中 你(們)今晚忙嗎？	
	英 Are you busy tonight?	
	音 阿　優　逼日　特耐	
B	中 不會啊，為什麼這麼問？	
	英 No. Why?	
	音 弄　壞	

會話

A	中 你(們)今晚有要做什麼事嗎？	
	英 Are you doing anything tonight?	
	音 阿　優　督引　安尼性　特耐	
B	中 沒有什麼事要做！	
	英 Nothing special.	
	音 那性　斯背秀	

要去看電影嗎？

Would you like to see a movie?

屋糾　　賴克 兔 吸 さ 母米

同義

你想去看電影嗎？
▶Do you want to go to a movie?
　賭 優 忘特 兔 購 兔 さ 母米

要不要去看電影？
▶How about seeing a movie?
　好 せ保特 吸引 さ 母米

會話

A	中	要去看電影嗎？
	英	Would you like to see a movie?
	音	屋糾　　賴克 兔 吸 さ 母米
B	中	好啊！我想去！
	英	Sure, I'd love to.
	音	秀　愛屋 勒夫 兔

會話

A	中	要不要去看電影？
	英	How about seeing a movie?
	音	好 せ保特　吸引 さ 母米
B	中	我很想去，但是我有事。
	英	I'd love to, but I have other plans.
	音	愛屋 勒夫 兔　霸特 愛 黑夫　阿樂　不蘭斯

找個時間我們一起吃午飯吧！

Let's do lunch sometime.

辣資　賭　濫去　桑太ㄇ

相關

今晚要不要去喝一杯？
▶How about a drink tonight?
好　ㄝ保特　ㄛ　朱因克　特耐

我們應該找個時間聚一聚。
▶We need to get together sometime.
屋依　尼的　兔　給特　特給樂　桑太ㄇ

會話

A	中	聽著！找個時間我們一起吃午飯吧！
	英	Listen. Let's do lunch sometime.
	音	樂身　辣資　賭　濫去　桑太ㄇ
B	中	好啊！要不要就這個星期五？
	英	Sure. How about this Friday?
	音	秀　好　ㄝ保特　利斯　富來得

會話

A	中	今晚要不要去喝一杯？
	英	How about a drink tonight?
	音	好　ㄝ保特　ㄛ　朱因克　特耐
B	中	不要！
	英	I don't think so.
	音	愛　動特　施恩克　蒐

要不要一起去？

Would you like to join me?
屋糾　　賴克　兔 糾引　密

相關

我們何不出去走走？
▶ Why don't we go for a walk?
　壞　　動特 屋依 購 佛 て 臥克

我們何不開車出去兜兜風？
▶ Why don't we go for a drive?
　壞　　動特 屋依 購 佛 て 轉夫

會話

A	中	要不要一起去？
	英	Would you like to join me?
	音	屋糾　賴克 兔 糾引　密
B	中	我不想去。
	英	I don't think so.
	音	愛動特　施恩克　蒐

會話

A	中	我們何不出去走走
	英	Why don't we go for a walk?
	音	壞　動特 屋依 購 佛 て 臥克
B	中	不要吧！
	英	It's not a good idea.
	音	依次 那 て 估的 愛滴兒

要來嗎？

Do you want to come over?

賭　優　忘特　兔　康　　歐佛

相關

要不要來參加我的派對？

▶ Would you like to come to my party?
　屋糾　　屋克兔　康　兔　買　趴提

要不要去聽演唱會？

▶ How do you like going to a concert?
　好　賭　優　賴克　勾引　兔　ㄜ　康色特

會話

A	中 要來嗎？	
	英 Do you want to come over?	
	音 賭　優　忘特　兔　康　　歐佛	
B	中 不要，我得要工作。	
	英 No, I have to work.	
	音 弄　愛　黑夫　兔　臥克	
A	中 來嘛！會很好玩的！	
	英 Come on. That would be fun.	
	音 康　忘　類　屋　逼　放	

我也要！/把我算進去！

Count me in.

考特　密　引

반義

我沒有要加入！
► Count me out.
　考特　密　凹特

會話

A	中 要不要參加？	
	英 In or out?	
	音 引 歐 凹特	
B	中 把我算進去！	
	英 Count me in.	
	音 考特 密 引	

會話

A	中 要和我一起去嗎？	
	英 Wanna go with me?	
	音 望難 購 位斯 密	
B	中 我沒有要加入！	
	英 Count me out.	
	音 考特 密 凹特	

你要參加或退出？

In or out?

引 歐 凹特

同義

到底要不要來？
►Coming or not?
　康密因　歐　那

會話

A	中 你要參加或退出？ 英 In or out? 音 引 歐 凹特
B	中 好，我會和你一起去。 英 OK, I will go with you. 音 OK 愛我 購 位斯 優

會話

A	中 你要參加或退出？ 英 In or out? 音 引 歐 凹特
B	中 我要參加。 英 I'm in. 音 愛門 引

有誰要一起加入？

Who is with me?

乎　意思　位斯　密

會話

A	中 有誰要一起加入？	
	英 Who is with me?	
	音 乎　意思位斯　密	
B	中 把我算進去！	
	英 Count me in.	
	音 考特　密 引	
A	中 還有人(要去)嗎？	
	英 Anyone else?	
	音 安尼萬　愛耳司	
C	中 不要期望我(會去)！	
	英 Don't look at me.	
	音 動特　路克 ㄟ 密	

我可以加入你(們)嗎？

Do you mind if I join you?

賭　優　麥得 一幅 愛 糾引 優

會話

A	中 我可以加入你(們)嗎？	
	英 Do you mind if I join you?	
	音 賭　優　麥得 一幅 愛 糾引 優	
B	中 不要！我們很介意！	
	英 Yes. We do mind.	
	音 夜司 屋依 賭 麥得	

會話

A	中 我可以加入你(們)嗎？	
	英 Do you mind if I join you?	
	音 賭　優　麥得 一幅 愛 糾引 優	
B	中 可以，當然可以！	
	英 No, not at all.	
	音 弄　那 ㄟ 歐	

好啊！為什麼不要！

Sure. Why not.

秀　　壞　那

同義

我願意！
▶I'd love to.
愛屋 勒夫 兔

反義

不要，謝謝！
▶No, thanks.
弄 山克斯

會話

A	中	要和我們一起出去逛逛嗎？
	英	Would you like to hang out with us?
	音	屋糾　賴克兔　和　凹特位斯惡斯
B	中	好啊！為什麼不要！
	英	Sure. Why not?
	音	秀　　壞　那

會話

A	中	要不要來參加我的派對？
	英	Would you like to come to my party?
	音	屋糾　賴克兔　康　兔買 趴提
B	中	我願意！
	英	I'd love to.
	音	愛屋 勒夫 兔

聽起來不錯耶!

Sounds great.

桑斯　鬼雷特

同義

不錯啊!
► That's terrific.
　類茲　特瑞非課

好啊!
► That would be fine.
　類　　屋　逼　凡

我可以!
► Fine with me.
　凡　位斯　密

反義

這不是個好主意!
► It's not a good idea.
　依次　那　ㄜ　估的　愛滴兒

會話

A	中	也許我們可以去看電影。
	英	Maybe we can go to a movie.
	音	美批　屋依　肯　購兔　ㄜ　母米
B	中	聽起來不錯耶!
	英	Sounds great.
	音	桑斯　鬼雷特

沒問題！

No problem.

弄　撲拉本

同義

沒問題！
▶No sweat.
弄　司為特

會話

A	中	我可以和約翰一起去游泳嗎？
	英	Can I go swimming with John?
	音	肯 愛 購 可溫命引 位斯 強
B	中	沒問題！
	英	No problem.
	音	弄 撲拉本

會話

A	中	我可以借用你的電話嗎？
	英	May I use your phone?
	音	美 愛 又司 幼兒 封
B	中	好啊！沒問題！
	英	Sure. No problem.
	音	秀 弄 撲拉本

不用，謝謝！

No, thanks.

弄　山克斯

同義

不，我不想要！
▶No, I don't want to.
　弄　愛　動特　忘特　兔

不要，我不要！
▶No, I don't think so.
　弄　愛　動特　施恩克　蒐

會話

A	中 你需要幫助嗎？	
	英 Do you need any help?	
	音 賭　優　尼的　安尼　黑耳ㄆ	
B	中 不用，謝謝！	
	英 No, thanks.	
	音 弄　山克斯	

會話

A	中 你想喝飲料嗎？	
	英 Do you want anything to drink?	
	音 賭　優　忘特　安尼性　兔　朱因克	
B	中 不要，我不要！	
	英 No, I don't think so.	
	音 弄　愛　動特　施恩克　蒐	

我不這麼認為。

I don't think so.

愛　動特　施恩克　蒐

同義

恐怕不行。
▶I'm afraid not.
愛門 哀福瑞特 那

會話

A	中 也許你可以和我們一起去。	
	英 Maybe you can go with us.	
	音 　美批　　優　肯　　購　位斯　惡斯	
B	中 我不這麼認為。	
	英 I don't think so.	
	音 愛 動特 施恩克　蒐	

會話

A	中 我可以和你(們)一起去嗎？拜託啦！	
	英 Can I go with you? Please?	
	音 　肯 愛 購　位斯　優　　普利斯	
B	中 恐怕不行。	
	英 I'm afraid not.	
	音 愛門 哀福瑞特 那	

不可能！

That's impossible.

類茲　因趴色伯

同義

不會吧！
► No way.
　弄　位

會話

A	中 要不要和我出去逛逛？	
	英 How about hanging out with me?	
	音 好　せ保特　和引　凹特 位斯　密	
B	中 不可能！	
	英 That's impossible.	
	音 類茲　因趴色伯	
A	中 為什麼不可以？	
	英 Why not?	
	音 壞　那	

會話

A	中 我昨晚有看見大衛！	
	英 I saw David last night.	
	音 愛 瘦　大衛 賴斯特 耐特	
B	中 不可能！	
	英 That's impossible.	
	音 類茲　因趴色伯	

我會再告訴你。

I'll let you know.

愛我 勒　優　弄

會話

A	中 要來嗎？	
	英 Do you want to come over?	
	音 賭 優 忘特 兔 康 歐佛	
B	中 嗯，我會再告訴你。	
	英 Well, I'll let you know.	
	音 威爾 愛我 勒 優 弄	

會話

A	中 告訴我你的決定。	
	英 Tell me your decision.	
	音 太耳 密 幼兒 低日訓	
B	中 拜託，不要現在！我會再告訴你。	
	英 Not now, please. I'll let you know.	
	音 那 惱 普利斯 愛我 勒 優 弄	

我有其他計畫了！

I have other plans.

愛　黑夫　　阿樂　　不蘭斯

類似

我是很想，可是不行啊！
► I'd love to, but I can't.
愛屋 勒夫 兔 霸特 愛 肯特

會話

A	中	要不要和我一起吃個晚飯？
	英	How about having dinner with me?
	音	好　せ保特　黑夫因　丁呢　　位斯　密
B	中	我是很想，可是不行啊！
	英	I'd love to, but I can't.
	音	愛屋 勒夫 兔 霸特 愛 肯特

會話

A	中	要不要和我一起去？
	英	Would you like to join me?
	音	屋糾　賴克 兔 糾引 密
B	中	我很願意，可是我有其他計畫了！
	英	I'd love to, but I have other plans.
	音	愛屋 勒夫 兔 霸特 愛 黑夫 阿樂　不蘭斯
A	中	那就以後再說吧！
	英	Maybe some other time.
	音	美批　　桑　阿樂 太ㄇ

別想了！/不要！

Don't think about it.

動特　施恩克　せ保特　一特

同義

想都別想！

▶Don't even think about it.
動特 依悶 施恩克 せ保特 一特

想都別想！

▶No way.
弄　位

會話

A	中 也許我們可以…	
	英 Maybe we can...	
	音 美批　屋依　肯	
B	中 嘿！別想了！	
	英 Hey, don't think about it.	
	音 嘿　動特　施恩克　せ保特　一特	

會話

A	中 我想和約翰去游泳。	
	英 I want to go swimming with John.	
	音 愛忘特　兔購　司溫命引　位斯　強	
B	中 想都別想！	
	英 No way.	
	音 弄　位	

抱歉。

I'm sorry.

愛門　蒐瑞

同義

我非常抱歉。
▶I'm really sorry.
愛門　瑞兒裡　蒐瑞

我真的非常抱歉。
▶I'm terribly sorry.
愛門　太蘿葡利　蒐瑞

會話

A	中 抱歉。	
	英 I'm sorry.	
	音 愛門　蒐瑞	
B	中 不要緊的！	
	英 It doesn't matter.	
	音 一特　得任　妹特耳	

會話

A	中 我真的非常抱歉。	
	英 I'm terribly sorry.	
	音 愛門　太蘿葡利　蒐瑞	
B	中 沒關係！	
	英 It's OK.	
	音 依次　OK	

恭喜！

Congratulations!

康鬼居勒訓斯

同義

我真為你感到高興！
▶I'm happy for you.
愛門　黑皮　佛　優

會話

A	中 我升官了！	
	英 I got that promotion.	
	音 愛咖類　　婆莫訓	
B	中 恭喜！	
	英 Congratulations.	
	音 康鬼居勒訓斯	

會話

A	中 我通過考試了！	
	英 I passed the exam.	
	音 愛怕斯的　勒　一任	
B	中 恭喜！	
	英 Congratulations!	
	音 康鬼居勒訓斯	

祝你週末愉快！

Have a nice weekend.

黑夫　さ　耐斯　　屋一肯特

同義

祝你今天一切順利！
▶ Have a nice day.
　黑夫　さ　耐斯　得

會話

A	中	我要走了！再見！
	英	I've got to go. See you.
	音	愛夫 咖 兔 購 吸 優
B	中	祝你週末愉快！
	英	Have a nice weekend.
	音	黑夫　さ 耐斯　屋一肯特

會話

A	中	保重。
	英	Take care.
	音	坦克　卡耳
B	中	祝你今天一切順利！
	英	Have a nice day.
	音	黑夫　さ 耐斯　得

幫我向史考特問好。

Say hi to Scott for me.

塞　嗨　兔　史考特　佛　密

同義

幫我向他問好。
▶ Say hi to him for me.
　塞 嗨 兔 恨 佛 密

相關

告訴他我想念他。
▶ Tell him I miss him.
　太耳 恨 愛 密斯 恨

會話

A	中	幫我向史考特問好。
	英	Say hi to Scott for me.
	音	塞　嗨 兔 史考特　佛　密
B	中	好！
	英	No problem.
	音	弄　撲拉本

會話

A	中	告訴他我很想念他。
	英	Tell him I miss him.
	音	太耳 恨 愛 密斯　恨
B	中	你幹嘛不自己告訴他？
	英	Why don't you tell him by yourself?
	音	壞　動特　優 太耳 恨 百 幼兒塞兒夫

再見！

See you.
吸　　優

同義

▶Bye.
　拜

▶Good-bye.
　估的　拜

▶See you soon.
　吸　優　訓

▶See you around.
　吸　優　婀壯

▶I'll see you later.
　愛我　吸　優　淚特

▶So long.
　蒐　龍

▶Catch you later.
　凱區　優　淚特

會話

A	中 現在很晚了。 英 It's pretty late now. 音 依次 撲一替 淚特 惱
B	中 是啊，就這樣囉！再見！ 英 OK, that's it. See you. 音 OK 類茲 一特 吸 優

下次見囉！

See you next time.

吸　優　耐司特　太П

相關

星期五見。
▶See you Friday.
　吸　優　富來得

到時候見！
▶See you then.
　吸　優　蘭

會話

A	🀄	打電話給我，好嗎？
	🔤	Call me, OK?
	🔊	摳　密　OK
B	🀄	我會的。下次見囉！
	🔤	I will. See you next time.
	🔊	愛我　吸　優　耐司特　太П

會話

A	🀄	星期五見。
	🔤	See you Friday.
	🔊	吸　優　富來得
B	🀄	冉見。
	🔤	See you.
	🔊	吸　優

我要走了！

I have to go.

愛 黑夫　兔 購

同義

我必須要走了。
► I've got to go.
愛夫　咖　兔 購

我要離開了。
► I'll be leaving.
愛我　逼　力冰

會話

A	中 我要走了！	
	英 I have to go.	
	音 愛 黑夫　兔 購	
B	中 好，再見！	
	英 OK. See you.	
	音 OK 吸 優	

會話

A	中 你不能留下來吃晚餐嗎？	
	英 Can't you stay for dinner?	
	音 肯特　優 斯得 佛　丁呢	
B	中 不要，謝謝！我真的要走了。	
	英 No, thanks. I really have to go.	
	音 弄　山克斯 愛 瑞兒裡 黑夫　兔 購	

你今天臉色看起來很蒼白。

You look rather pale today.

優　路克　蕊爾　派耳　特得

同義

你看起來糟透了！
▶ You look awful.
優　路克　臥佛

你看起來糟透了！
▶ You look terrible.
優　路克　太蘿蔔

你看起來很累耶！
▶ You look very tired.
優　路克　肥瑞　太兒的

會話

A	中 你今天臉色看起來很蒼白。
	英 You look rather pale today.
	音 優　路克　蕊爾　派耳　特得
B	中 我覺得不舒服。
	英 I feel sick.
	音 愛　非兒　西客

我發燒了。

I've got a fever.

愛夫 咖 ㄜ 非佛

相關

我感冒了。
▶ I've got a cold.
愛夫 咖 ㄜ 寇得

我流鼻水。
▶ I've got a runny nose.
愛夫 咖 ㄜ ㄖ忘妳 弄斯

我咳嗽得厲害。
▶ I've got a bad cough.
愛夫 咖 ㄜ 貝特 扣夫

會話

A	中 你看起來糟透了！	
	英 You look awful.	
	音 優 路克 臥佛	
B	中 我發燒了。	
	英 I've got a fever.	
	音 愛夫 咖 ㄜ 非佛	

我頭痛。

I've got a headache.

愛夫　咖　ㄜ　黑得客

相關

我肚子痛。

▶I've got a stomachache.
愛夫　咖　ㄜ　斯搭妹客

會話

A	中 你還好吧？ 英 Are you OK? 音 阿　優　OK	
B	中 我頭痛。 英 I've got a headache. 音 愛夫 咖　ㄜ　黑得客	

我不太舒服。

I'm not feeling well.

愛門　那　　非寧　　威爾

同義

我覺得生病了！
▶I feel sick.
愛 非兒 西客

我覺得糟透了！
▶I feel awful.
愛 非兒 臥佛

會話

A	中 你看起來很累耶！	
	英 You look very tired.	
	音 優　路克　肥瑞　太兒的	
B	中 我不太舒服。	
	英 I'm not feeling well.	
	音 愛門 那　非寧　威爾	

會話

A	中 我身體不太舒服。	
	英 I'm not feeling well.	
	音 愛門 那　非寧　威爾	
B	中 你有去看醫生嗎？	
	英 Did you see the doctor?	
	音 低　優　吸　勒　搭特兒	

我喉嚨痛。

I've got a sore throat.

愛夫　咖　ㄜ　蔻　熟瑞特

同義

我頭暈。
▶ I feel dizzy.
愛 非兒 低日

我頭昏腦脹的。
▶ My head is swimming.
買 黑的 意思 司溫命引

相關

我覺得全身痠痛。
▶ I feel sore and ache all over.
愛 非兒 瘦 安 A客 歐 歐佛

會話

A	中 我喉嚨痛。
	英 I've got a sore throat.
	音 愛夫 咖 ㄜ 蔻　熟瑞特
B	中 你要在床上躺躺，多休息幾天。
	英 You have to stay in bed for a few days.
	音 優 黑夫 兔 斯得 引杯的 佛 ㄜ 否 得斯

你現在覺得如何？

How do you feel now?

好　賭　優　非兒　惱

同義

你還好吧？
▶ Are you OK?
　阿　優　OK

你看起來好蒼白！
▶ You look pale.
　優　路克　派耳

聽起來你真的生病了！
▶ You really sound sick.
　優　瑞兒裡　桑得　西客

會話

A	中	你現在覺得如何？
	英	How do you feel now?
	音	好　賭　優　非兒　惱
B	中	我現在覺得好多了！
	英	I feel much better now.
	音	愛　非兒　罵區　杯特　惱

你最好要多休息。

You'd better get some rest.

優的　杯特　給特　桑　瑞斯特

同義

你最好回家。
▶ You'd better go home.
　優的　杯特購　厚

你最好躺下來(休息)。
▶ You need to lie down.
　優　尼的　兔賴　黨

試著睡覺吧！
▶ Try to get some sleep.
　踹　兔給特桑　私立埔

你需要休息！
▶ You need a break.
　優　尼的　ㄜ　不來客

會話

A	中 我頭暈。	
	英 I feel dizzy.	
	音 愛　非兒　低日	
B	中 你最好要多休息。	
	英 You'd better get some rest.	
	音 優的　杯特　結特　桑　瑞斯特	

你有去看醫生了嗎？

Did you see a doctor?

低　優　吸 ㄜ　搭特兒

相關

你應該要去看醫生。
▶You should see a doctor.
　優　秀得　　吸 ㄜ　搭特兒

你為什麼不去看醫生？
▶Why don't you see a doctor?
　壞　動特　優　吸 ㄜ　搭特兒

你有吃藥了嗎？
▶Did you take medicine?
　低　優　坦克　賣得孫

讓我幫你叫救護車。
▶Let me call an ambulance for you.
　勒　密　摳　恩　安鋪勒斯　佛　優

會話

A	中	我昨天扭傷了我的腳踝。
	英	I sprained my ankle yesterday.
	音	愛　四不安的　買　恩客　夜司特得
B	中	你有去看醫生了嗎？
	英	Did you see a doctor?
	音	低　優　吸 ㄜ　搭特兒

冷靜點！

Calm down.

康母　黨

同義

放輕鬆點！
► Relax.
瑞理司

放輕鬆點！
► Take it easy.
坦克　一特　一日

會話

A	中 你有看到那個嗎？ 英 Did you see that? 音 低　優　吸　類
B	中 嘿，冷靜點！ 英 Hey, calm down. 音 嘿　康母　黨

會話

A	中 我真是不敢相信！ 英 I can't believe it. 音 愛　肯特　逼力福　一特
B	中 放輕鬆點！ 英 Relax. 音 瑞理司

難為你了。

It's not easy for you.
依次 那 一日 佛 優

同義

我知道你的感受！
▶ I know how you feel.
愛 弄 好 優 非兒

你一定很不好受！
▶ It must be tough for you.
一特 妹司特 逼 踏夫 佛 優

會話

A	中	約翰打我！
	英	John punched me.
	音	強 胖區的 密
B	中	難為你了。
	英	It's not easy for you.
	音	依次 那 一日 佛 優

會話

A	中	我真是不敢相信！
	英	I can't believe it.
	音	愛 肯特 逼力福 一特
B	中	我知道你的感受！
	英	I know how you feel.
	音	愛 弄 好 優 非兒

少來這一套！

Knock it off.

那課 一特 歐夫

同義

看你搞得一團糟！

▶Look at the mess you've made!
　路克　ㄟ　勒　賣司　優夫　妹得

別跟我胡扯！

▶Don't give me your shit.
　動特　寄　密　幼兒　序特

會話

A	中 很酷吧！	
	英 Isn't it cool?	
	音 一任 一特 酷喔	
B	中 少來這 套！	
	英 Knock it off.	
	音 那課 一特 歐夫	

你腦袋有問題啊！

What's your problem?

華資　幼兒　撲拉本

同義

你腦袋有問題啊？
► What's the problem with you?
華資　勒　撲拉本　位斯　優

你腦子有毛病！
► You're out of your mind.
優矮　凹特　歐夫　幼兒　麥得

會話

A	中	你腦袋有問題啊！
	英	What's your problem?
	音	華資　幼兒　撲拉本
B	中	你以為你在跟誰說話？
	英	Who do you think you're talking to?
	音	乎　賭　優　施恩克　優矮　透《一因　兔

會話

A	中	我真後悔這輩子遇到你！
	英	I wish I had never met you.
	音	愛　胃盧　愛　黑的　耐摩　妹特　優
B	中	你腦袋有問題啊！
	英	What's your problem?
	音	華資　幼兒　撲拉本

你是個混蛋！

You're a jerk!

優矮 ㄜ 酒客

相關

你真讓我覺得噁心！

▶ You make me sick!
優 妹克 密 西客

會話

A	中	你是個混蛋！
	英	You're a jerk!
	音	優矮 ㄜ 酒客
B	中	你以為你是誰？
	英	Who do you think you are?
	音	乎 賭 優 施恩克 優 阿

會話

A	中	你真讓我覺得噁心！
	英	You make me sick!
	音	優 妹克 密 西客
B	中	很好！我再也受不了你啦！
	英	Good. I can't take you anymore!
	音	估的 愛 肯特 坦克 優 安尼摩爾

從我面前消失！

Get out of my face.

給特 凹特 歐夫 買 飛斯

同義

別來煩我！
▶Don't bother me.
動特 芭樂 密

我不要再見到你！
▶I don't want to see your face.
愛 動特 忘特 兔 吸 幼兒 飛斯

會話

A	中 從我面前消失！	
	英 Get out of my face.	
	音 給特 凹特 歐夫 買 飛斯	
B	中 你氣死我了！	
	英 You piss me off.	
	音 優 批司 密 歐夫	

會話

A	中 我可以問你一個問題嗎？	
	英 Can I ask you a question?	
	音 肯 愛 愛斯克 優 ㄜ 魁私去	
B	中 不可以！別來煩我！	
	英 I don't think so. Don't bother me.	
	音 愛動特 施恩克 蒐 動特 芭樂 密

糟糕！

Shit.

序特

同義

可惡！
▶Damn it.
　等　一特

真糟糕！
▶That's terrible.
　類茲　太蘿萄

慘了！
▶It's not good.
　依次　那　估的

這太離譜了！
▶That's going too far!
　類茲　勾引　兔　罰

會話

A	中 糟糕！	
	英 Shit.	
	音 序特	
B	中 你說什麼？	
	英 I beg your pardon?	
	音 愛 貝格 幼兒　怕等	

酷喔！

Cool.

酷喔

同義

真是不錯！
▶Excellent.
　ㄟ色勒特

很讚喔！
▶Brilliant.
　不理恩的

會話

A	中 你看！	
	英 Check this out.	
	音 切客 利斯 凹特	
B	中 酷喔！	
	英 Cool.	
	音 酷喔	

會話

A	中 你覺得我的計畫好嗎？	
	英 What do you think of my plans?	
	音 華特 賭 優 施恩克 歐夫 買 不蘭斯	
B	中 真是不錯！	
	英 Excellent.	
	音 ㄟ色勒特	

菜英文 English World 生活應用篇

不錯的衣服喔！

Nice dress.

耐斯　吹斯

相關

不錯的領帶喔！
▶Nice tie.
耐斯　太

會話

A	中	不錯的衣服喔！
	英	Nice dress.
	音	耐斯　吹斯
B	中	真的嗎？謝謝！
	英	Really? Thanks.
	音	瑞兒裡　山克斯

會話

A	中	不錯的領帶喔！
	英	Nicc tie.
	音	耐斯　太
B	中	是我太太送我的生日禮物。
	英	It's my birthday present from my wife.
	音	依次 買　啵斯帶　撲一忍　防　買　愛夫

幹得好！

Good job.
估的 假伯

同義

幹得好！
►Well done.
威爾 檔

相關

你表現得很好！
►You are doing well.
優 阿 督引 威爾

你很棒！
►You're so great.
優矮 蒐 鬼雷特

會話

A	中 你有把報告寄給瓊斯先生嗎？	
	英 Did you send the report to Mr. Jones?	
	音 低 優 善的 勒 蕊破特 兔 密斯特 瓊斯	
B	中 有，我有寄了！	
	英 Yes, I did.	
	音 夜司 愛 低	
A	中 幹得好！	
	英 Good job.	
	音 估的 假伯	

我今天做什麼事都不對勁！

I'm not myself today.

愛門　那　買塞兒夫　特得

同義

我今天做什麼事都不太對勁。

▶I was having a bad day.
愛 瓦雌 黑夫因 ㄜ 貝特 得

會話

A	中	我今天做什麼事都不對勁。
	英	I'm not myself today.
	音	愛門　那　買塞兒夫　特得
B	中	怎麼啦？
	英	What happened to you?
	音	華特　黑噴的　　兔　優

會話

A	中	你看起來糟透了！怎麼啦？
	英	You look terrible. What's wrong?
	音	優　路克　太蘿蔔　　華資　　弄
B	中	我今天做什麼事都不對勁！
	英	I'm not myself today.
	音	愛門　那　買塞兒夫　特得

那是一個好主意。

That's a good idea.

類茲　ㄜ　佔的　愛滴兒

同義

好主意。
▶ Good idea.
　佔的　愛滴兒

會話

A	中	今天就到這裡結束吧！
	英	Let's call it a day.
	音	辣資　擱 一特 ㄜ 得
B	中	好主意！
	英	That's a good idea.
	音	類茲　ㄜ 佔的 愛滴兒

會話

A	中	要不要現在就去喝一杯？
	英	How about a drink right now?
	音	好　せ保特 ㄜ 朱因克 軟特　惱
B	中	好主意！
	英	Good idea.
	音	佔的 愛滴兒

我有一個主意。

I have an idea.

愛 黑夫　恩　愛滴兒

相關

你有什麼想法？
▶ What's your idea?
華資　幼兒　愛滴兒

會話

A	中	我們應該要出去找點事做。
	英	We should go out and do something.
	音	屋依　秀得　購 凹特 安 賭　桑性
B	中	聽著，我有一個主意。
	英	Listen, I have an idea.
	音	樂身　愛　黑夫　恩　愛滴兒

會話

A	中	你不想想辦法嗎？
	英	Aren't you going to do something?
	音	阿特　優　勾引 兔 賭　桑性
B	中	我有一個主意。
	英	I have an idea.
	音	愛 黑夫 恩 愛滴兒

你的理由是什麼？

What's your reason?

華資　　幼兒　　瑞忍

同義

有理由嗎？

▶ Is there a reason?

意思　淚兒　さ　瑞忍

會話

A	中 你的理由是什麼？
	英 What's your reason?
	音 華資　　幼兒　　瑞忍
B	中 我們應該要在本週五之前完成。
	英 We have to finish it by this Friday.
	音 屋依　黑夫　兔　ㄈ尼續　一特　百　利斯　富來得

會話

A	中 有理由嗎？
	英 Is there a reason?
	音 意思　淚兒　さ　瑞忍
B	中 沒有！只是考慮看看吧！
	英 No. Just think about it.
	音 弄　賈斯特　施恩克　せ保特　一特

為什麼不？

Why not?

壞　那

相關

為什麼？
▶How come?
好　康

只要告訴我為什麼？
▶Just tell me why?
賈斯特 太耳 密 壞

為了什麼？
▶What for?
華特 佛

會話

A	中 是很好，但這不是重點。	
	英 It's great, but it's not the point.	
	音 依次 鬼雷特 霸特 依次 那　勒 波以特	
B	中 為什麼不是？	
	英 Why not?	
	音 壞　那	

繼續！

Go on.

購 忘

同義

繼續（說或做）。

▶ Keep going.
　機舖　勾引

會話

A	中 我有個問題！	
	英 I have a question.	
	音 愛 黑夫 ざ 魁私去	
B	中 說吧！	
	英 Go on.	
	音 購 忘	

會話

A	中 我們就是這麼做的！	
	英 This is how we did it.	
	音 利斯 意思 好 屋依 低 一特	
B	中 繼續說吧！	
	英 Keep going.	
	音 機舖 勾引	
A	中 那你為什麼不試著做這件事？	
	英 And why don't you try to do it?	
	音 安 壞 動特 優 踹兔 賭 一特	

我同意。

I agree.

愛 阿鬼

同義

我完全同意你的看法。
▶I totally agree with you.
愛 偷頭裡 阿鬼 位斯 優

我同意你。
▶I agree with you.
愛 阿鬼 位斯 優

相關

我是站在你這邊的。
▶I'm on your side.
愛門 忘 幼兒 塞得

會話

A	中 我同意！ 英 Fine with me. 音 　凡　位斯　密
B	中 很好！你呢？ 英 Good. How about you? 音 　估的　　好　　せ保特　優
C	中 我同意。 英 I agree. 音 愛 阿鬼

我是絕對不會同意的。

I couldn't agree less.

愛　庫鄧　　　阿鬼　賴斯

相關

我不同意你的意見。
▶ I don't agree with you.
愛 動特 阿鬼 位斯 優

許多事情我和你持不同看法。
▶ I don't agree with you on many things.
愛 動特 阿鬼 位斯 優 忘 沒泥 性斯

會話

A	中 我認為這是一個好機會。	
	英 I think it's a great opportunity.	
	音 愛 施恩克 依次 さ 鬼雷特 阿婆兔耐替	
B	中 我是絕對不會同意的。	
	英 I couldn't agree less.	
	音 愛 庫鄧　　　阿鬼　賴斯	

不用在意。

Never mind.

耐摩　麥得

同義

沒關係。
▶It's OK.
依次 OK

會話

A	中	我為那件事感到抱歉！
	英	Sorry for that.
	音	蒐瑞　佛　類
B	中	不用在意。
	英	Never mind.
	音	耐摩　麥得

會話

A	中	有問題嗎？
	英	Is that a problem?
	音	意思 類 ㄜ 撲拉本
B	中	不是，沒關係的！
	英	No, it's OK.
	音	弄　依次 OK

不要再說了！

Say no more.

塞　弄　摩爾

同義

閉嘴！
▶ Shut up.
下特 阿鋪

會話

A	中	崔西和肯尼去看電影了。
	英	Tracy went to see a movie with Kenny.
	音	崔西　問特 兔 吸 ㄜ 母米 位斯 肯尼
B	中	不要再說了。
	英	Say no more.
	音	塞　弄　摩爾

會話

A	中	聽好，我覺得你應該…
	英	Listen, I think you should...
	音	樂身 愛 施恩克 優　秀得
B	中	拜託，不要再說了！
	英	Say no more, please.
	音	塞　弄　摩爾　普利斯

我瞭解！

I see.

愛 吸

同義

我瞭解！
▶I understand.
愛 骯得史丹

我了解！
▶I got it.
愛 咖 一特

會話

A	中	我瞭解！
	英	I see.
	音	愛 吸
B	中	不，你完全不知道狀況！
	英	No, you don't know anything about it.
	音	弄 優 動特 弄 安尼性 せ保特 一特

會話

A	中	我不是故意的！
	英	I didn't mean it.
	音	愛 低等 蜜 一特
B	中	我瞭解！
	英	I understand.
	音	愛 骯得史丹

我還是不明白！

I still don't get it!

愛斯提歐 動特　給特 一特

同義

我不明白！
▶I don't understand.
愛 動特　慨得史丹

我想不透！
▶I can't figure it out.
愛 肯特　非葛 一特 凹特

會話

A	中 這樣你清楚了嗎？
	英 Is that clear to you?
	音 意思 類 克里兒　兔　優
B	中 抱歉，我還是不明白！
	英 Sorry, I still don't get it!
	音 蒐瑞　愛 斯提歐 動特 給特 一特

會話

A	中 我想不透！
	英 I can't figure it out.
	音 愛 肯特　非葛 一特 凹特
B	中 為什麼不明白？
	英 Why not?
	音 壞　　那

我沒有聽懂！

I didn't catch you.

愛 低等　凱區　優

相關

我不知道你在說什麼。

▶I don't know what you're talking about.
愛 動特　弄　華特　優矮　透ㄍ一因　ㄝ保特

會話

A	中	我們已經決定五點鐘之前要完成！
	英	We've decided to finish it by five o'clock.
	音	為夫　低賽低的　兔 ㄈ尼續　一特　百　肥福 A克拉克
B	中	抱歉，我沒有聽懂！
	英	Sorry, I didn't catch you.
	音	蒐瑞 愛　低等　凱區　優

會話

A	中	我不知道你在說什麼。
	英	I don't know what you're talking about.
	音	愛 動特　弄　華特　優矮　透ㄍ一因　ㄝ保特
B	中	好吧！聽好，在這裡等我！
	英	OK, listen, just wait here for me.
	音	OK　樂身　賈斯特　位特 ㄏ一爾 佛　密

你沒弄懂我的意思。

You're missing my point.

優矮　　密斯引　　買　波以特

同義

我不是這個意思。
▶It's not what I meant.
依次 那 華特 愛 密特

你沒弄懂。
▶You don't get it.
優 動特 給特 一特

會話

A	中	你沒弄懂我的意思。
	英	You're missing my point.
	音	優矮　　密斯引　買　波以特
B	中	我沒有！
	英	I'm not.
	音	愛門　那

會話

A	中	我不是這個意思。
	英	It's not what I meant.
	音	依次　那 華特 愛　密特
B	中	好！那告訴我你想要什麼？
	英	OK. Tell me what you want.
	音	OK 太耳 密 華特　優　忘特

是啊！

That's right.

類茲　軟特

同義

沒錯！
▶That's it.
類茲　一特

沒錯！
▶Correct.
可瑞特

你是對的！
▶You're right.
優矮　軟特

反義

不對！
▶That's not right.
類茲　那　軟特

會話

A	中	我覺得蘇珊是個辣妹。
	英	I think Susan is so hot.
	音	愛 施恩克 蘇森 意思 蒐 哈特
B	中	是啊！
	英	That's right.
	音	類茲　軟特

你剛剛説什麼？

What did you just say?

華特　低　優　賈斯特　塞

同義

你說什麼？
▶Excuse me?
ㄟ克斯Q斯　密

會話

A	中	糟糕！
	英	Shit.
	音	序特
B	中	你剛剛説什麼？
	英	What did you just say?
	音	華特　低　優賈斯特　塞

會話

A	中	你說什麼？
	英	Excuse me?
	音	ㄟ克斯Q斯　密
B	中	我說我要一杯咖啡。
	英	I said I'd like a cup of coffee.
	音	愛　曬得　愛屋　賴克　ㄜ　卡鋪　歐夫　咖啡

你說什麼？

Pardon?

怕等

同義

你說什麼？
▶I beg your pardon!
愛 貝格 幼兒　怕等

你說什麼？
▶Come again?
康　愛乾

會話

A	中 滾開！ 英 Get the hell out of here! 音 給特 勒 害耳 凹特 歐夫 ㄏ一爾
B	中 你說什麼？ 英 I beg your pardon! 音 愛 貝格 幼兒　怕等

你覺得如何？

What do you think?

華特　賭　優　施恩克

同義

你覺得它如何呢？
▶What do you think of it?
華特　賭　優　施恩克 歐夫 一特

你的意見呢？
▶What's your opinion?
華資　幼兒　阿批泥恩

會話

A	中 你覺得如何？	
	英 What do you think?	
	音 華特　賭　優　施恩克	
B	中 好主意！	
	英 It's a good idea.	
	音 依次 ㄜ 估的　愛滴兒	

會話

A	中 你覺得如何？	
	英 What do you think?	
	音 華特　賭　優　施恩克	
B	中 我真為你感到高興！	
	英 I'm so happy for you.	
	音 愛門 蒐　黑皮　佛　優	

我不在意！

I don't care.

愛 動特　卡耳

同義

我不在意！
▶I don't mind.
愛 動特 麥得

相關

沒人在乎啊！
▶Who cares!
平　凱爾斯

會話

A	中 你做了什麼好事？	
	英 What have you done?	
	音 華特　黑夫　優　檔	
B	中 我不在意！	
	英 I don't care.	
	音 愛 動特　卡耳	

會話

A	中 你為什麼會這麼認為？	
	英 What makes you think so?	
	音 華特　妹克斯　優　施恩克　蒐	
B	中 我不在意！	
	英 I don't mind.	
	音 愛 動特　麥得	

多謝啦！

Thanks a lot.

山克斯 ㄜ 落的

同義

謝謝你。
▶Thank you.
　山糾

謝啦！
▶Thanks.
　山克斯

非常謝謝你。
▶Thank you very much.
　山糾　肥瑞　罵區

謝謝你為我所做的一切。
▶Thank you for everything.
　山糾　佛　哀複瑞性

會話

A	🀄 多謝啦！ 🔤 Thanks a lot. 🔊 山克斯 ㄜ 落的
B	🀄 不客氣！ 🔤 No problem. 🔊 弄　撲拉本

你是不是有交往的對象？

Are you seeing someone?

阿　優　　吸引　　桑萬

相關

你戀愛了！
▶You're in love!
　優矮　引　勒夫

會話

A	中 你是不是有交往的對象？	
	英 Are you seeing someone?	
	音 阿　優　吸引　　桑萬	
B	中 沒有！為什麼要這麼問？	
	英 No. Why?	
	音 弄　壞	

我愛你！

I love you.

愛 勒夫　優

相關

我愛上你了！
▶I'm falling in love with you.
愛門 佛理因 引 勒夫 位斯 優

我為你瘋狂！
▶I'm crazy for you!
愛門 廚理 佛 優

會話

A	中 我愛你！	
	英 I love you.	
	音 愛 勒夫　優	
B	中 我也愛你！	
	英 I love you too.	
	音 愛 勒夫　優　兔	

會話

A	中 我愛上你了。	
	英 I'm falling in love with you.	
	音 愛門 佛理因 引 勒夫 位斯　優	
B	中 少來了！這讓我很困擾！	
	英 Give me a break. It really bothers me.	
	音 寄　密 ㄜ 不來客 一特 瑞兒裡 芭樂斯　密	

我非常想念你。

I miss you so much.

愛 密斯　優　蒐　罵區

會話

A	中 我非常想念你。
	英 I miss you so much.
	音 愛 密斯　優　蒐　罵區
B	中 我人就在這裡啊！
	英 Here I am.
	音 ㄏㄧ爾 愛 M

會話

A	中 我會想念你的。
	英 I'll miss you.
	音 愛我 密斯　優
B	中 我很快就會回來！
	英 I'll be back soon.
	音 愛我 逼 貝克　訓

你確定？

Are you sure?

阿　優　秀

同義

那件事你有確定嗎？
▶ Are you sure about that?
　　阿　優　秀　せ保特　類

會話

A	中 你愛約翰嗎？	
	英 Do you love John?	
	音 賭　優　勒夫　強	
B	中 是的！	
	英 Yes, I do.	
	音 夜司　愛　賭	
A	中 你確定？	
	英 Are you sure?	
	音　阿　優　秀	

會話

A	中 那件事你確定嗎？	
	英 Are you sure about that?	
	音　阿　優　秀　せ保特　類	
B	中 我不確定。	
	英 I'm not sure.	
	音　愛門　那　秀	

我不太清楚！

I don't know for sure.

愛 動特　　弄　　佛　　秀

同義

我不太確定！
▶ I'm not sure about it.
愛門　那　秀　也保特　一特

我不太確定！
▶ I'm not quite sure.
愛門　那　快特　秀

會話

A	中	你知道公車站在哪裡嗎？
	英	Do you know where the bus station is?
	音	賭　優　弄　灰耳　勒　巴士　司得訓　意思
B	中	我不太清楚！
	英	I don't know for sure.
	音	愛　動特　弄　佛　秀

會話

A	中	你是值得的！
	英	You deserve it.
	音	優　弟惹夫　一特
B	中	嗯，我不太確定！
	英	Well, I'm not quite sure.
	音	威爾　愛門　那　快特　秀

安靜點！

Be quiet.

逼 拐せ特

同義

閉嘴！
▶Shut up.
下特 阿鋪

閉嘴！
▶Zip your lip!
日批 幼兒 力皮

相關

你（們）太吵了！
▶You are too noisy.
優 阿 兔 弄一日

會話

A	中 嘿，各位，能請你們安靜下來嗎？	
	英 Hey, you guys, would you please be quiet?	
	音 嘿　優　蓋斯　　　屋糾　普利斯　逼 拐せ特	
B	中 喔，我們很抱歉！	
	英 Oh, we're sorry.	
	音 喔　屋阿　蒐瑞	

很抱歉打擾你了！

I'm sorry to bother you.

愛門　蒐瑞　兔　芭樂　　優

同義

很抱歉打擾你了！
▶Sorry to bother you.
　蒐瑞　兔　芭樂　優

會話

A	中 很抱歉打擾你。	
	英 I'm sorry to bother you.	
	音 愛門 蒐瑞　兔　芭樂　優	
B	中 什麼事？	
	英 What's up?	
	音 華資　阿鋪	

會話

A	中 很抱歉打擾你了！	
	英 Sorry to bother you.	
	音 蒐瑞　兔　芭樂　優	
B	中 沒關係啦！	
	英 Don't worry about that.	
	音 動特　窩瑞　せ保特　類	

我的天啊！

My God.
買　咖的

同義

天啊！
▶Boy!
伯乙

天啊！
▶For God's sake.
佛　咖斯　賽課

會話

A	中 我的天啊！	
	英 My God.	
	音 買　咖的	
B	中 發生什麼事了？	
	英 What happened?	
	音 華特　　黑噴的	

會話

A	中 你有看到那個東西嗎？	
	英 Did you see that?	
	音 低　優　吸　類	
B	中 喔！我的天啊！	
	英 Oh, my God.	
	音 喔　買　咖的	

你要好照顧自己！

Take care of yourself.

坦克　卡耳　歐夫　幼兒塞兒夫

同義

多保重！
▶Take care.
坦克　卡耳

會話

A	中 我的朋友，再見了！	
	英 Good bye, my friend.	
	音 　估的　　拜　　買　副蘭得	
B	中 你要好照顧自己！	
	英 Take care of yourself.	
	音 　坦克　卡耳　歐夫　幼兒塞兒夫	
A	中 我會的！	
	英 I will.	
	音 愛 我	

高興點！

Cheer up.

起兒　阿鋪

同義

凡事都會沒問題的！
▶ Everything will be fine.
　　哀複瑞性　　我　逼凡

又不是世界末日！
▶ It's not the end of the world.
　依次　那　勒　安的　歐夫　勒　臥得

會話

A	中	不要這樣！高興點！
	英	Come on. Cheer up.
	音	康　忘　　起兒　阿鋪
B	中	我以為他是我最好的朋友。
	英	I thought he was my best friend.
	音	愛　收特　ㄏㄧ　瓦雌　買　貝斯特　副蘭得

會話

A	中	我恨死這一切了。
	英	I hate this.
	音	愛　黑特　利斯
B	中	嘿！高興點！
	英	Hey, cheer up!
	音	嘿　起兒　阿鋪

沒有人會怪你！

No one blames you.

弄　萬　不藍斯　優

同義

不要自責！
▶Don't blame yourself.
　動特　不藍　幼兒塞兒夫

相關

這不是你的錯！
▶It's not your fault.
　依次　那　幼兒　佛特

會話

A	中	我真的很抱歉。
	英	I'm really sorry about it.
	音	愛門　瑞兒裡　蒐瑞　せ保特　一特
B	中	沒有人會怪你！
	英	No one blames you.
	音	弄　萬　不藍斯　優

會話

A	中	是我的錯！
	英	It's my mistake.
	音	依次　買　咪斯坦克
B	中	不要自責！
	英	Don't blame yourself.
	音	動特　不藍　幼兒塞兒夫

這是你的決定。

It's your decision.

依次 幼兒　低日訓

同義

這是你的責任。

▶It's your responsibility.
依次 幼兒　瑞斯旁捨批樂踢

會話

A	中 我不想過去！	
	英 I don't want to be there.	
	音 愛 動特 忘特 兔 逼　淚兒	
B	中 隨便你！這是你的決定。	
	英 Fine. It's your decision.	
	音 凡　依次 幼兒　低日訓	

我可以跟你單獨相處一會兒嗎？

Can I get you alone?

肯 愛 給特 優　A弄

同義

我可以佔用你一點時間嗎？
▶Can I get you a second?
肯 愛 給特 優 ㄜ 誰肯

會話

A	中 我可以跟你單獨相處一會兒嗎？	
	英 Can I get you alone?	
	音 肯 愛 給特 優　A弄	
B	中 好啊！什麼事？	
	英 Of course. What's up?	
	音 歐夫 寇斯 華資 阿鋪	

會話

A	中 我可以佔用你一點時間嗎？	
	英 Can I get you a second?	
	音 肯 愛 給特 優 ㄜ 誰肯	
B	中 發生什麼事了？	
	英 What happened?	
	音 華特 黑噴的	

有空談一談嗎？

Got a minute to talk?

咖 ㄜ 咪逆特 兔 透克

同義

有空(談一談)嗎？
► Got a minute?
　咖 ㄜ 咪逆特

我可以私底下和你談一談嗎？
► Can I speak to you in private?
　肯 愛 司批客 兔 優 引 不來非的

我現在可以和你說句話嗎？
► Can I talk to you now?
　肯 愛 透克 兔 優 惱

我能和你說說話嗎？
► Can I talk to you for a moment?
　肯 愛 透克 兔 優 佛 ㄜ 摩門特

會話

A	中	有空談一談嗎？
	英	Got a minute to talk?
	音	咖 ㄜ 咪逆特 兔 透克
B	中	當然有！坐吧！
	英	Sure. Have a seat.
	音	秀 黑夫 ㄜ 西特

不會耽誤你太久。

It won't keep you long.
一特 甕 機舖 優 龍

同義

不會耽擱太久的。
▶It won't be long.
一特 甕 逼 龍

不會花你太久的時間。
▶It won't take you long.
一特 甕 坦克 優 龍

很快的就會好的！
▶I'll make it quick.
愛我 妹克 特 怪客

會話

A	巾	有空嗎？不會耽誤你太久的時間。
	英	Got a minute? It won't keep you long.
	音	咖 さ 咪逆特 一特 甕 機舖 優 龍
B	中	有什麼事嗎？
	英	What's up?
	音	華資 阿舖

我們換個話題吧！

Let's change the subject.

辣資　勸居　　勒　殺不潔特

同義

我不想討論這件事。
▶I don't want to talk about it.
愛 動特 忘特 兔 透克 せ保特 一特

會話

A	中 我懶得幫他了！	
	英 I'm tired of helping him.	
	音 愛門 太兒的 歐夫 黑耳拼 恨	
B	中 我們換個話題吧！	
	英 Let's change the subject.	
	音 辣資　勸居　　勒　殺不潔特	

會話

A	中 我不想討論這件事。	
	英 I don't want to talk about it.	
	音 愛 動特 忘特 兔 透克 せ保特 一特	
B	中 好吧！這是你的決定！	
	英 Sure. It's your decision.	
	音 秀 依次 幼兒 低日訓	

感謝你的協助囉！

Thank you for your help.

山糾　佛　幼兒　黑耳ㄆ

同義

感謝你的協助囉！
▶Thank you for your help.
　山糾　佛　幼兒　黑耳ㄆ

相關

那不是太麻煩你了嗎？
▶Wouldn't that be too much bother?
　屋等　類　逼　兔　罵區　芭樂

會話

A	中	你能幫我拿嗎？
	英	Could you hold this for me?
	音	苦糾　厚得　利斯　佛　密
B	中	沒問題的！
	英	No problem.
	音	弄　撲拉本
A	中	感謝你的協助囉！
	英	Thank you for your help.
	音	山糾　佛　幼兒　黑耳ㄆ

131

請不必這麼麻煩！

Please don't bother.

普利斯　動特　芭樂

同義

不用了，謝謝！
▶No. Thanks.
　弄　山克斯

不必麻煩！
▶Don't bother.
　動特　芭樂

會話

A	中	需要我幫你買什麼嗎？
	英	Anything I can buy for you?
	音	安尼性　愛肯　百　佛　優
B	中	請不必這麼麻煩！
	英	Please don't bother.
	音	普利斯　動特　芭樂

會話

A	中	有什麼需要我幫你做的嗎？
	英	Is there anything I can do for you?
	音	意思 淚兒　安尼性　愛肯　賭　佛　優
B	中	不用了，謝謝！
	英	No. Thanks.
	音	弄　山克斯

我可以自己處理。

I can manage it by myself.

愛 肯　妹泥居　一特 百 買塞兒夫

同義

我可以自己處理。
► I can handle this by myself.
愛 肯　和斗 利斯 百 買塞兒夫

我可以自己處理這件事。
► I can take care of it by myself.
愛 肯 坦克 卡耳 歐夫 一特 百 買塞兒夫

會話

A	中 讓我來吧！
	英 Allow me.
	音 阿樓　密
B	中 我可以自己處理。
	英 I can manage it by myself.
	音 愛 肯　妹泥居　一特 百 買塞兒夫

萬事拜託了！

I'm counting on you.

愛門　考聽　　忘　優

同義

我很依賴你。
▶I count on you.
愛 考特　忘 優

反義

別指望我。
▶Don't count on me.
動特　考特 忘　密

會話

A	中 萬事拜託了！ 英 I'm counting on you. 音 愛門　考聽　　忘　優
B	中 不要擔心！我會盡力！ 英 Don't worry about it. I'll do my best. 音 動特 窩瑞　せ保特 一特 愛我 賭 買 貝斯特

會話

A	中 肯尼？你呢？ 英 Kenny? How about you? 音 肯尼　　好　せ保特　優
B	中 別指望我。 英 Don't count on me. 音 動特　考特　忘　密

我說得夠清楚了嗎？

Do I make myself clear?

賭 愛 妹克　買塞兒夫　克里兒

同義

我說得還不夠清楚嗎？
▶Didn't I make myself clear?
　低等 愛 妹克　買塞兒夫 克里兒

夠清楚嗎？
▶Is that clear?
　意思 類 克里兒

明白了嗎？
▶Have you got it?
　黑夫 優 咖 一特

相關

你有聽懂嗎？
▶Do you hear me?
　賭 優 厂一爾 密

會話

A	中 我說得夠清楚了嗎？ 英 Do I make myself clear? 音 賭 愛 妹克　買塞兒夫 克里兒	
B	中 夠清楚，老師。 英 Yes, sir. 音 夜司 捨	

你真丟臉！

Shame on you!
邪門　　忘　優

同義

你真丟臉！
▶It's shame on you.
依次 邪門 忘 優

會話

A	中 沒有你我活不下去！	
	英 I can't live without you.	
	音 愛 肯特 立夫　慰勞　優	
B	中 你真是丟臉！	
	英 Shame on you.	
	音　邪門　　忘　優	

會話

A	中 你就不要管他了！	
	英 Why don't you just leave him alone?	
	音 壞　動特　優 賈斯特 力夫　恨　A弄	
B	中 你太丟臉了（怎麼可以這麼說）。	
	英 It's shame on you.	
	音 依次 邪門　忘　優	

讓我開車載你回家。

Let me drive you home.

勒 密 轉夫 優 厚

類似

我可以開車送你回家。
▶I can drive you home.
愛 肯 轉夫 優 厚

會話

A	中	我要在四點鐘前到家。
	英	I have to be home before four o'clock.
	音	愛黑夫 兔 逼 厚 必佛 佛 A克拉克
B	中	好，讓我開車載你回家。
	英	OK. Let me drive you home.
	音	OK 勒 密 轉夫 優 厚

會話

A	中	需不需要我開車載你回家啊？
	英	Do you need me to drive you home?
	音	賭 優 尼的 密 兔 轉夫 優 厚
B	中	謝謝，不用！大衛會開車來接我回家。
	英	No, thanks. David would drive me home.
	音	弄 山克斯 大衛 屋 轉夫 密 厚

要搭便車嗎？

Wanna lift?

望難　力夫特

相關

可以開車送我回家嗎？
►Can you give me a lift?
　肯　優　寄　密　ㄜ力夫特

會話

A	中	要搭便車嗎？
	英	Wanna lift?
	音	望難　力夫特
B	中	太感謝你了！
	英	Thank you so much.
	音	山糾　蒐　罵區

會話

A	中	可以開車送我回家嗎？
	英	Can you give me a lift?
	音	肯　優　寄　密　ㄜ力夫特
B	中	當然好！上車吧！
	英	Of course. Get in.
	音	歐夫寇斯　給特引

別吹牛了！

Give me a break.

寄　　密 ㄜ 不來客

同義

少來了！

►Get out!
給特 凹特

會話

A	中	我受邀在電視上唱歌。
	英	I was invited to sing a song on TV.
	音	愛 瓦雌 印賣提特 兔 西恩 ㄜ 送　忘 踢非
B	中	別吹牛了！
	英	Give me a break.
	音	寄　密 ㄜ 不來客

會話

A	中	我辦得到！
	英	I can do it.
	音	愛 肯　賭 一特
B	中	別吹牛了！
	英	Give me a break.
	音	寄　密 ㄜ 不來客

少來了！

Come on!

康　忘

同義

不會吧！
▶Shit.
序特

會話

A	中	我不想和你一起去。
	英	I don't wanna go with you.
	音	愛 動特　望難　購 位斯　優
B	中	少來了！我們不是已經有共識了嗎？
	英	Come on, don't we have a deal?
	音	康　忘　動特 屋依 黑夫　て 低兒

會話

A	中	我不相信！
	英	I don't buy it.
	音	愛 動特 百 一特
B	中	不要這樣嘛！
	英	Come on!
	音	康　忘

快一點！

Hurry up!

喝瑞　阿舖

同義

快一點！
►Hurry!
　喝瑞

快一點！
►Quick!
　怪客

快一點，動作加快！
►Come on, move on.
　康　忘　木副　忘

會話

A	中 快一點，不然我們就要遲到了！	
	英 Hurry up, or we'll be late.	
	音 喝瑞 阿舖 歐 屋依我 逼 淚特	
B	中 我也不想要這樣啊！	
	英 I don't want this.	
	音 愛 動特 忘特 利斯	

我敢打賭！

I bet.

愛 貝特

會話

A	中	我不這麼認為你辦得到！我敢打賭。
	英	I don't think you could make it. I bet.
	音	愛 動特 施恩克 優 苦 妹克 一特 愛 貝特
B	中	為什麼辦不到？
	英	Why not?
	音	壞 那

會話

A	中	我猜交通很差。他會趕不及的！
	英	I bet the traffic is bad. He won't make it.
	音	愛 貝特 勒 喘非克 意思 貝特 ㄏㄧ 甕 妹克 一特
B	中	等著瞧吧！
	英	We'll see.
	音	屋依我 西的

看情況再說！

It depends.

一特 低盤斯

同義

再說吧！
▶We'll see.
屋依我 吸

會話

A	中	你打算怎麼作？
	英	What are you going to do?
	音	華特 阿 優 勾引 兔 賭
B	中	要視情況而定。
	英	It depends on the situation.
	音	一特 低盤斯 忘 勒 西揪ㄟ訓

會話

A	中	你覺得呢？
	英	What do you think?
	音	華特 賭 優 施恩克
B	中	我不知道。再說吧！
	英	I have no idea. We'll see.
	音	愛 黑夫 弄 愛滴兒 屋依我 吸

track 059

我正在找工作。

I'm looking for a job.

愛門 路克引 佛 ㄜ 假伯

會話

A	中	最近有什麼事嗎？
	英	Anything new?
	音	安尼性 紐
B	中	我正在找工作。
	英	I'm looking for a job.
	音	愛門 路克引 佛 ㄜ 假伯

會話

A	中	近來有什麼新鮮事？
	英	What's new?
	音	華資 紐
B	中	我正在找工作。
	英	I'm looking for a job.
	音	愛門 路克引 佛 ㄜ 假伯

你今天感覺怎麼樣？

How are you feeling today?

好　　阿　　優　　非寧　　特得

同義

你現在感覺如何？

▶ How are you feeling now?
好　　阿　　優　　非寧　　惱

會話

A	中 你今天感覺怎麼樣？	
	英 How are you feeling today?	
	音 好　阿　優　非寧　特得	
B	中 還好！	
	英 I'm OK.	
	音 愛門　OK	

沒聽說過這回事！

That's news to me.

類茲　紐斯　兔　密

同義

沒聽說過這回事！
▶ That's news.
　類茲　紐斯

沒聽說過！
▶ Never heard of that!
　耐瘥　喝得 歐夫 類

會話

A	中 他們不會回來的！	
	英 They won't come back.	
	音 勒　甕　康　貝克	
B	中 沒聽過這回事！	
	英 That's news to me.	
	音 類茲　紐斯　兔 密	

你看起來很眼熟！

You look familiar.

優　路克　佛咪裡兒

同義

你看起來好像某個人。
▶ You look like somebody.
　優　路克　賴克　桑八弟

會話

A	中	你看起來很眼熟！
	英	You look familiar.
	音	優　路克　佛咪裡兒
B	中	大衛嗎？是我，蘇珊啊！
	英	David? It's me, Susan.
	音	大衛　依次　密　蘇森

會話

A	中	你看起來好像某個人。
	英	You look like somebody.
	音	優　路克　賴克　桑八弟
B	中	我認識你嗎？
	英	Do I know you?
	音	賭愛　弄　優

借過！/請問一下！

Excuse me.

ㄟ克斯Q斯　密

相關

請容我們先離開！
▶Excuse us.
ㄟ克斯Q斯　惡斯

打擾一下！
▶Excuse me.
ㄟ克斯Q斯　密

會話

A	中	借過！
	英	Excuse me.
	音	ㄟ克斯Q斯　密
B	中	好啊。
	英	Sure.
	音	秀

會話

A	中	請問一下！
	英	Excuse me.
	音	ㄟ克斯Q斯　密
B	中	需要我效勞嗎？
	英	What can I do for you?
	音	華特　肯　愛賭　佛　優

菜英文 English World 生活應用篇

您先請！

After you.

ㄝ副特　優

類似

您先請進！
► You first.
　優 福斯特

會話

A	中 您先請進！	
	英 You first.	
	音 優　福斯特	
B	中 還是您先請！	
	英 After you.	
	音 ㄝ副特　優	

會話

A	中 瓊斯先生，您先請！	
	英 After you, Mr. Jones.	
	音 ㄝ副特 優　密斯特　瓊斯	
B	中 謝謝你！	
	英 Thank you.	
	音 　山紐	

你最大。

You're the boss.

優矮　勒　伯斯

相關

你說怎麼樣就怎麼樣。

▶Anything you say.
安尼性　優　塞

我會依你所說的照辦！

▶I will do whatever you say!
愛我　賭　華特A模　優　塞

會話

A	中	你有要幫我寄這個嗎？
	英	Are you going to send this for me?
	音	阿　優　勾引　兔　善的　利斯　佛　密
B	中	會啊！誰叫你是老大！
	英	Yes. You're the boss.
	音	夜司　優矮　勒　伯斯

會話

A	中	你可以洗碗嗎？
	英	Would you do the dishes?
	音	屋糾　賭　勒　地需一斯
B	中	你說怎麼樣就怎麼樣。
	英	Anything you say.
	音	安尼性　優　塞

你說對了。

You can say that again.
優　肯　塞　類　愛乾

同義

這才像人話嘛！
▶Now you're really talking!
惱　優矮　瑞兒裡　透ㄍ一因

你絕對是正確的。
▶You are absolutely right.
優　阿　A破色路特裡　軟特

會話

A	中	你不覺得是他的錯嗎？
	英	Don't you think it's his fault?
	音	動特　優　施恩克　依次　ㄏ一斯　佛特
B	中	你說對了。
	英	You can say that again.
	音	優　肯　塞　類　愛乾

會話

A	中	我們何不去圖書館？
	英	Why don't we go to the library?
	音	壞　動特　屋依　購　兔　勒　賴被瑞
B	中	這才像人話嘛！
	英	Now you're really talking!
	音	惱　優矮　瑞兒裡　透ㄍ一因

151

太荒謬了！

It's ridiculous.

依次　瑞低Q樂斯

會話

A	中 我不會離開的！	
	英 I'm not going to leave.	
	音 愛門 那　勾引 兔 力夫	

B	中 真是太荒謬了！	
	英 It's ridiculous.	
	音 依次　瑞低Q樂斯	

會話

A	中 真是太荒謬了！	
	英 It's ridiculous.	
	音 依次　瑞低Q樂斯	

B	中 你說什麼？	
	英 I beg your pardon?	
	音 愛 貝格 幼兒　怕等	

真糟糕！

It's terrible.

依次　太蘿蔔

同義

遜斃了！
▶ It sucks.
一特　薩客司

會話

A	中 你覺得怎麼樣？	
	英 How do you think of it?	
	音 好　賭　優 施恩慶 歐夫 一特	
B	中 真糟糕！	
	英 It's terrible.	
	音 依次 太蘿蔔	

會話

A	中 你喜歡嗎？	
	英 How do you like it?	
	音 好　賭　優 賴克 一特	
B	中 不喜歡！遜斃了！	
	英 No. It sucks.	
	音 弄　一特 薩客司	

你真是好心！

It's very kind of you.

依次 肥瑞 砍特 歐夫 優

同義

你真是好心！
▶ You're so kind.
　優矮 蒐 砍特

會話

A	中 嘿，小心點！	
	英 Hey, be careful.	
	音 嘿　逼　卡耳佛	
B	中 年輕人，你真是個好人。	
	英 It's very kind of you, young man.	
	音 依次 肥瑞 砍特 歐夫 優　羊　賣せ	

會話

A	中 我幫你扶著門。	
	英 Let me hold the door for you.	
	音 勒 密 厚得 勒 斗 佛 優	
B	中 你真好心，多謝啦！	
	英 It's kind of you. Thanks a lot.	
	音 依次 砍特 歐夫 優　山克斯 さ 落的	

我以你為榮。

I'm proud of you.

愛門　撲勞的　歐夫　優

【同義】

我非常以你為榮。
► I'm so proud of you.
愛門 蒐 撲勞的 歐夫 優

你真的讓我感到驕傲。
► You really make me proud.
優 瑞兒裡　妹克　密　撲勞的

【會話】

A	中 我以你為榮。
	英 I'm proud of you.
	音 愛門 撲勞的 歐夫 優
B	中 我知道！
	英 I know.
	音 愛 弄

【會話】

A	中 聽好，我們贏了！
	英 Listen, we won.
	音 樂身 屋依 王
B	中 親愛的，我非常以你為榮。
	英 I'm so proud of you, sweetie.
	音 愛門 蒐 撲勞的 歐夫 優 思味踢

155

要有耐心。

Be patient.

逼　配訓

會話

A	中	我就是不知道該怎麼做。
	英	I just don't know how to do it.
	音	愛 賈斯特 動特 弄 好 兔 賭 一特
B	中	你要有耐心！只要再多一些努力。
	英	Be patient. Just try harder.
	音	逼 配訓 賈斯特 瑞 哈得兒

會話

A	中	我又失敗了！
	英	I failed again.
	音	愛 飛蛾的 愛乾
B	中	兒子啊，要有耐心啊！
	英	Just be patient, son.
	音	賈斯特 逼 配訓 桑

相信我！

Believe me.

逼力福　密

會話

A	中 你在開玩笑的吧？	
	英 Are you kidding?	
	音 阿　優　ㄎㄧㄉ	
B	中 相信我，不然你會後悔的。	
	英 Believe me, or you'll be sorry.	
	音 逼力福　密　歐　優我　逼　蒐瑞	

會話

A	中 這個嘛！我不喜歡它。	
	英 Well, I don't like it.	
	音 威爾　愛　動特　賴克　一特	
B	中 你就相信我吧！	
	英 Why don't you just believe me?	
	音 壞　動特　優　賈斯特　逼力福　密	

不要失去理智。

Don't lose your mind.

動特　漏斯　幼兒　麥得

會話

A	中	這太離譜了！
	英	That's going too far!
	音	類茲　勾引　兔　罰
B	中	不要失去理智啊！
	英	Don't lose your mind.
	音	動特　漏斯　幼兒　麥得

會話

A	中	我被他們搞得快發瘋了！
	英	They really drove me crazy.
	音	勒　瑞兒裡　濁夫　密　虧理
B	中	嘿，伙伴，不要失去理智。
	英	Hey, pal, don't lose your mind.
	音	嘿　配合　動特　漏斯　幼兒　麥得

算了吧！

Forget it.
佛給特　一特

同義

不要在意！
►Never mind.
耐摩　麥得

沒有什麼的！
►It's nothing.
依次　那性

會話

A	中 你說什麼？
	英 Excuse me?
	音 ㄟ克斯Q斯　密
B	中 沒事，算了！
	英 Forget it.
	音 佛給特 一特

會話

A	中 我真是不敢相信！
	英 I can't believe it.
	音 愛 肯特 逼力福 一特
B	中 算了吧，好嗎？
	英 Forget it, OK?
	音 佛給特 一特　OK

一起來吧！/ (動作) 快一點！

Come on!

康　忘

會話

A	中 來吧！我們走吧！	
	英 Come on, let's go.	
	音 康　忘　辣資　購	
B	中 還沒！我還沒準備好！	
	英 Not yet. I'm not ready.	
	音 那　耶特 愛門 那　瑞底	

會話

A	中 一起來吧！快一點！	
	英 Come on! Hurry up.	
	音 康　忘　喝瑞 阿舖	
B	中 別管我！	
	英 Leave me alone.	
	音 力夫　密　A弄	

你需要幫忙嗎？

Do you need help?

賭 優 尼的 黑耳ㄆ

同義

需要我幫忙嗎？
► May I help you?
　 美 愛 黑耳ㄆ 優

如果需要我的幫忙，告訴我一聲。
► Let me know if there's anything I can do.
　 勒 密 弄 一幅 淚兒斯 安尼性 愛 肯 賭

會話

A	中	你需要幫忙嗎？
	英	Do you need help?
	音	賭 優 尼的 黑耳ㄆ
B	中	不用！我不需要你的幫助！
	英	No. I don't need your help.
	音	弄 愛 動特 尼的 幼兒 黑耳ㄆ

會話

A	中	需要我幫忙嗎？
	英	May I help you?
	音	美 愛 黑耳ㄆ 優
B	中	是的，郵局在哪裡？
	英	Yes, where is the post office?
	音	夜司 灰耳 意思 勒 婆斯特 歐肥斯

請幫我一個忙。

Please do me a favor.

普利斯　賭　密　ㄜ　肥佛

同義

請幫我一下！
▶Please help me with it.
普利斯 黑耳夊 密 位斯 一特

請幫幫我！
▶Give me a hand, please.
寄 密 ㄜ 和的 普利斯

我需要你的幫助。
▶I need your help.
愛 尼的 幼兒 黑耳夊

我需要一些幫助。
▶I need some help.
愛 尼的 桑 黑耳夊

會話

A	中	請幫我一個忙。
	英	Please do me a favor.
	音	普利斯　賭　密　ㄜ　肥佛
B	中	有什麼需要我做的？
	英	What can I do for you?
	音	華特　肯　愛賭　佛　優

需要我幫忙嗎？

May I help you?

美 愛 黑耳ㄆ 優

同義

有什麼需要我效勞的嗎？

▶What can I do for you?
　華特　肯　愛　賭　佛　優

你需要幫助嗎？

▶Do you need any help?
　賭　優　尼的　安尼　黑耳ㄆ

我要怎麼幫你？

▶How can I help you?
　好　肯　愛　黑耳ㄆ　優

會話

A	中 需要我幫忙嗎？ 英 May I help you? 音 美 愛 黑耳ㄆ 優	
B	中 有的！請幫我拿著。 英 Yes. Please hold this for me. 音 夜司 普利斯 厚得 利斯 佛 密	

你想要我做什麼？

What do you want me to do?

華特　賭　優　忘特　密　兔　賭

會話

A	中	請幫我一個忙。
	英	Please do me a favor.
	音	普利斯　賭　密　ㄟ肥佛
B	中	好啊！你想要我做什麼？
	英	Sure. What do you want me to do?
	音	秀　華特　賭　優　忘特　密　兔　賭

會話

A	中	我需要你的協助。
	英	I need your help.
	音	愛　尼的　幼兒　黑耳ㄆ
B	中	你想要我做什麼？
	英	What do you want me to do?
	音	華特　賭　優　忘特　密　兔　賭

我來幫你。

Let me help you.

勒　密　黑耳ㄆ　優

同義

我來幫你吧！

▶Let me give you a hand.
　勒　密　寄　優　ㄜ和的

相關

讓我來幫你這個吧！

▶Let me help you with this.
　勒　密　黑耳ㄆ　優　位斯　利斯

會話

A	🀄	看起來很重耶！我來幫你。
	🔤	It looks heavy. Let me help you.
	🔊	一特 路克斯 黑肥　勒　密　黑耳ㄆ　優
B	🀄	謝謝你的幫助！
	🔤	Thank you for your help.
	🔊	山糾　佛　幼兒　黑耳ㄆ

165

track 070

救命啊！

Help!

黑耳ㄆ

同義

請幫幫我！
►Help me, please.
黑耳ㄆ 密 普利斯

會話

A	中 救命啊！
	英 Help!
	音 黑耳ㄆ
B	中 你怎麼啦？
	英 What's the matter with you?
	音 華資　　勒 妹特耳 位斯 優

會話

A	中 來人啊，救命啊！
	英 Somebody, help!
	音 桑八弟　　黑耳ㄆ
B	中 發生什麼事了？
	英 What happened?
	音 華特 黑噴的

菜英文 English World 生活應用篇

166

不必客氣！

Don't mention it.

動特　　沒訓　　一特

同義

不必客氣。
►No problem.
　弄　撲拉本

不必客氣。
►You're welcome.
　優矮　威爾康

不必客氣。
►Any time.
　安尼 ㄊㄇ

會話

A	中 謝謝你。	
	英 Thank you so much.	
	音 　山紉　　蒐　罵區	
B	中 不必客氣！	
	英 Don't mention it.	
	音 　動特　沒訓　一特	

會話

A	中 你真的幫了大忙！	
	英 You've been really helpful.	
	音 　優夫　兵　瑞兒裡　黑耳佛	
B	中 不必客氣！	
	英 You're welcome.	
	音 　優矮　威爾康	

看開一點吧！

Don't take it so hard.

動特　坦克　一特　蒐　哈得

同義

你會度過難關的。
▶ You'll get through it.
優我　給特　輸入　一特

就讓它過去吧！
▶ Let it be.
勒　一特　逼

會話

A	中	你瞧！她終究還是離開我了！
	英	See? She left me at all.
	音	吸　需　賴夫特　密　ㄟ　歐
B	中	看開一點吧！
	英	Don't take it so hard.
	音	動特　坦克　一特　蒐　哈得

會話

A	中	他們怎麼可以這樣對待我？
	英	How could they do this to me?
	音	好　苦　勒　賭　利斯兔　密
B	中	不要這樣！看開一點吧！
	英	Come on. Don't take it so hard.
	音	康　忘　動特　坦克　一特　蒐　哈得

不用擔心！

Don't worry.

動特　窩瑞

同義

不要擔心！
▶Don't worry about it.
　動特　窩瑞　せ保特　一特

沒關係啦！
▶It's OK.
依次　OK

會話

A	中	現在很晚了。
	英	It's pretty late now.
	音	依次 撲一替 涙特 惱
B	中	不用擔心！
	英	Don't worry.
	音	動特　窩瑞

會話

A	中	不要擔心！
	英	Don't worry about it.
	音	動特　窩瑞　せ保特 一特
B	中	我真不敢相信你剛剛說的話！
	英	I can't believe what you just said.
	音	愛 肯特 逼力福　華特　優 賈斯特 囉得

我真的很擔心。

I am so worried.

愛 M 蒗 窩瑞的

反義

沒有任何事足以讓我擔心！

▶Nothing worries me.
　那性　　窩瑞斯　密

會話

A	中 我真的很擔心。
	英 I am so worried.
	音 愛 M 蒗　窩瑞的
B	中 別這樣，沒事的！
	英 Come on, nothing is happening.
	音 　康　忘　那性　意思　黑噴引

會話

A	中 我真的很擔心。
	英 I am so worried.
	音 愛 M 蒗　窩瑞的
B	中 我相信他會及時趕到的。
	英 I'm sure he'll make it in time.
	音 愛門　秀　厂一我　妹克 一特 引 太ㄇ

夠了！

Enough!

A那夫

同義

夠了喔！
▶ That's enough.
類茲　A那夫

會話

A	中	你看！很酷吧！
	英	See? Isn't it cool?
	音	吸　一任 一特 酷喔
B	中	夠了喔！
	英	That's enough.
	音	類茲　A那夫

會話

A	中	你們夠了喔！
	英	That's enough, you guys.
	音	類茲　A那夫　優　蓋斯
B	中	不是我！
	英	Not me.
	音	那　密

可以！/繼續說！/繼續做！

Go ahead.

購　耳黑的

同義

儘管去吧！
▶ Just go ahead.
賈斯特 購 耳黑的

會話

A	中	我可以和史考特一起去嗎？
	英	Can I go with Scott?
	音	肯 愛 購　位斯　史考特
B	中	可以！
	英	Go ahead.
	音	購　耳黑的

會話

A	中	我要和你談一談。
	英	I need to talk to you.
	音	愛 尼的　兔 透克 兔　優
B	中	你說吧！
	英	Go ahead.
	音	購　耳黑的

你上當了！

Got you!

咖　優

會話

A	中	你上當了！
	英	Got you!
	音	咖　優
B	中	不是開玩笑的吧？
	英	No kidding?
	音	弄　ㄎㄧㄉ

會話

A	中	我結婚了！
	英	I got married.
	音	愛咖　妹入特
B	中	真的？
	英	Really?
	音	瑞兒裡
A	中	哈哈哈，你被我騙了！
	英	Hahaha... Got you!
	音	哈哈哈　咖　優

很遺憾聽見這件事。

I'm sorry to hear that.

愛門　蒐瑞　兔 ㄏ一爾　類

同義

我很遺憾！
▶ Sorry!
　蒐瑞

很遺憾聽見這件事。
▶ Sorry to hear that.
　蒐瑞　兔 ㄏ一爾　類

反義

很高興知道這件事！
▶ I'm glad to hear that.
　愛門　葛雷得　兔 ㄏ一爾　類

會話

A	中 她昨天過世了。 英 She passed away yesterday. 音 需　怕斯的　ㄟ為　夜司特得
B	中 很遺憾聽見這件事。 英 I'm sorry to hear that. 音 愛門　蒐瑞　兔 ㄏ一爾　類

我才不相信！

I don't believe it.

愛 動特　逼力福　一特

同義

我不相信！
▶I don't buy it.
愛 動特　百 一特

會話

A	中 我也不想要這樣！	
	英 I don't want this.	
	音 愛 動特　忘特　利斯	
B	中 我才不相信。	
	英 I don't believe it.	
	音 愛 動特　逼力福　一特	

會話

A	中 我要約她出去。	
	英 I'm going to ask her out.	
	音 愛門　勾引　兔 愛斯克　喝　凹特	
B	中 我才不相信。	
	英 I don't believe it.	
	音 愛 動特　逼力福　一特	

真教人不敢相信！

I can't believe it.

愛　肯特　　逼力福　一特

同義

不會吧！
►No way.
　　弄　位

不可能吧！
►It's impossible.
依次　因趴色伯

不可能的事！
►It can't be.
一特　肯特　逼

你少扯了！
►No shit!
　弄　序特

我真不相信我所看到的！
►I can't believe my eyes!
愛　肯特　逼力福　買　愛斯

會話

A	中	你有聽說大衛的事了嗎？
	英	Have you heard about David's story?
	音	黑夫　優　喝得　せ保特　大衛斯　斯兜瑞
B	中	有啊！真教人不敢相信！
	英	Yeah, I can't believe it.
	音	訝　愛　肯特　逼力福　一特

我情不自禁！

I can't help it.

愛 肯特　黑耳ㄆ 一特

會話

A	中 我情不自禁！	
	英 I can't help it.	
	音 愛 肯特 黑耳ㄆ 一特	
B	中 你說你情不自禁是什麼意思？	
	英 What do you mean you can't help it?	
	音 華特 賭 優 密 優 肯特 黑耳ㄆ 一特	

會話

A	中 你為什麼這麼做？	
	英 Why did you do that?	
	音 壞 低 優 賭 類	
B	中 我就是情不自禁！	
	英 I just can't help it.	
	音 愛 賈斯特 肯特 黑耳ㄆ 一特	

你說呢？

You tell me.

優　太耳　密

同義

你的意見呢？
► What's your opinion?
　華資　幼兒　阿批泥恩

你的建議呢？
► What will you advise?
　華特　我　優　A得賣司

會話

A	中	嗯，你覺得呢？
	英	Well, what do you think?
	音	威爾　華特　賭　優　施恩克
B	中	我不知道！你說呢？
	英	I have no idea. You tell me.
	音	愛　黑夫　弄　愛滴兒　優　太耳　密

會話

A	中	你要如何解決這個問題呢？
	英	How could you solve this problem?
	音	好　苦糾　殺夫　利斯　撲拉本
B	中	你說呢？
	英	You tell me.
	音	優　太耳　密

不可能的事。

It can't be.

一特 肯特 逼

同義

不可能！
▶It's impossible.
依次 因趴色伯

我不這麼認為。
▶I don't think so.
愛 動特 施恩克 蒐

胡扯！
▶Bullshit.
不序特

反義

是有可能的。
▶It's possible.
依次 趴色伯

會話

A	中	崔西要離開了。
	英	Tracy is about to leave.
	音	崔西 意思 せ保特 兔 力夫
B	中	不可能！她答應我要留下來。
	英	It can't be. She promised me to stay.
	音	一特 肯特 逼 需 趴摩斯的 密 兔 斯得

這是常有的事。

It happens.
一特　黑噴斯

同義

常有的事！
▶ It happens all the time.
一特　黑噴斯　歐　勒　太ㄇ

會話

A	中	你來看！你不覺得奇怪嗎？
	英	Check this out. Don't you think it's weird
	音	切客　利斯　凹特　動特　優　施恩克　依次　餵兒的
B	中	這是常有的事。
	英	It happens.
	音	一特　黑噴斯

會話

A	中	他在那裡做什麼？
	英	What is he doing out there?
	音	華特　意思　ㄏ一　督引　凹特　淚兒
B	中	這是常有的事。
	英	It happens.
	音	一特　黑噴斯

時候到了。

It's about time.

依次　せ保特　太冂

相關

時間快到了。
▶ Time is up.
太冂　意思　阿鋪

沒時間了。
▶ Time is running out.
太冂　意思　日忘印　凹特

會話

A	中	快一點，時候到了。
	英	Hurry up. It's about time.
	音	喝瑞　阿鋪　依次　せ保特　太冂
B	中	好，走吧！
	英	OK, let's go.
	音	OK　辣資　購

會話

A	中	是該回家的時候了。
	英	It's about time to go home.
	音	依次　せ保特　太冂　兔購　厚
B	中	可是我還沒準備好！
	英	But I'm not ready.
	音	霸特　愛門　那　瑞底

181

太容易了！

It's a piece of cake.

依次 ㄜ 批斯 歐夫 K客

同義

太容易了！
►A piece of cake.
　A 批斯 歐夫 K客

小事一樁。
►It's an easy cake.
依次 恩 一日 K客

會話

A	中	可以幫我拿著嗎？
	英	Could you hold it for me?
	音	苦糾　厚得 一特 佛 密
B	中	太容易了！
	英	It's a piece of cake.
	音	依次 ㄜ 批斯 歐夫 K客

會話

A	中	你能示範給我看該如何修理嗎？
	英	Would you show me how to fix it?
	音	屋糾　秀　密 好 兔 ㄈ一斯 一特
B	中	太容易了！
	英	A piece of cake!
	音	A 批斯 歐夫 K客

菜英文 English World 生活應用篇

182

偶爾打電話給我。

Call me sometime.

摳　密　　桑太ㄇ

同義

偶爾打個電話給我。

▶Give me a call sometime.
　寄　密 ㄜ 摳　桑太ㄇ

有機會的話，打個電話給我。

▶Give me a call if you have a chance.
　寄　密 ㄜ 摳 一幅 優 黑夫 ㄜ 券斯

會話

A	中 偶爾要打電話給我。 英 Call me sometime. 音　摳　密　桑太ㄇ	
B	中 好啊！我們要保持聯絡。 英 Sure. Let's keep in touch. 音　秀　辣資　機舖　引　踏區	

會話

A	中 記得要偶爾打個電話給我。 英 Remember to give me a call somtime. 音　瑞敏波　兔　寄密 ㄜ　摳　桑太ㄇ	
B	中 我會的。 英 I will. 音 愛 我	

保持聯絡。

Keep in touch.

機舖　引　踏區

同義

要彼此保持聯絡，好嗎？
▶Keep in touch with each other, OK?
　機舖　引　踏區　位斯　一區　阿樂　OK

我會保持聯絡的！
▶I'll be in touch!
　愛我　逼　引　踏區

會話

A	中	不要忘記要保持聯絡！
	英	Don't forget to keep in touch.
	音	動特　佛給特　兔　機舖　引　踏區
B	中	當然好！
	英	No problem.
	音	弄　撲拉本

是我的錯。

It's my fault.

依次 買 佛特

同義

是我的錯。

▶My mistake.
買 咪斯坦克

會話

A	中 發生什麼事了？	
	英 What happened?	
	音 華特 黑噴的	
B	中 是我的錯。	
	英 It's my fault.	
	音 依次 買 佛特	

會話

A	中 誰打破這扇窗戶的？	
	英 Who broke this window?	
	音 乎 不羅客 利斯 屋依斗	
B	中 是我，可是不是我的錯。	
	英 It's me. But it's not my fault.	
	音 依次 密 霸特 依次 那 買 佛特	

沒什麼大不了啊！

It's no big deal.

依次 弄 逼個 低兒

會話

A	中	你為什麼沒有作你的功課？
	英	Why didn't you do your homework?
	音	壞　低等　優　賭　幼兒　厚臥克
B	中	沒什麼大不了啊！
	英	It's no big deal.
	音	依次 弄 逼個 低兒

會話

A	中	你說了什麼？
	英	What did you just say?
	音	華特　低　優　賈斯特 塞
B	中	得了吧！沒什麼大不了啊！
	英	Come on. It's no big deal.
	音	康　忘　依次 弄 逼個 低兒

你一定是在開玩笑！

You must be kidding.

優　妹司特　逼　ㄎㄧㄥ

同義

不是開玩笑的吧！
► No kidding?
　　弄　ㄎㄧㄥ

你在開我玩笑嗎？
► Are you kidding me?
　阿　優　ㄎㄧㄥ　密

會話

A	中 我昨天才結婚的。	
	英 I just got married yesterday.	
	音 愛 買斯特 咖 妹入特　夜特得	
B	中 你一定是在開玩笑！	
	英 You must be kidding.	
	音 優　妹司特　逼　ㄎㄧㄥ	

會話

A	中 我忘記去寄你的信了！	
	英 I forgot to send your letters.	
	音 愛 佛咖 兔 善的 幼兒　類特斯	
B	中 什麼？你在開玩笑吧？	
	英 What? You must be kidding.	
	音 華特　優　妹司特 逼　ㄎㄧㄥ	

187

你不是當真的吧？

You can't be serious.

優　肯特　逼　西瑞耳司

會話

A	中 我已經決定辭職了。	
	英 I've decided to quit.	
	音 愛夫　低賽低的　兔　魁特	
B	中 你不是當真的吧？	
	英 You can't be serious.	
	音 優　肯特　逼　西瑞耳司	

會話

A	中 我和史考特一起去看電影了！	
	英 I went to see a movie with Scott.	
	音 愛 問特 兔　吸　ㄜ　母米　位斯　史考特	
B	中 你不是當真的吧？	
	英 You can't be serious.	
	音 優　肯特　逼　西瑞耳司	

你是説真的嗎？

Are you serious?

阿　優　西瑞耳司

相關

你確定嗎？
▶ Are you sure?
　阿　優　秀

不是開玩笑的吧！
▶ No kidding.
　弄　ㄅㄧˉ丁

會話

A	中	我要和茱蒂結婚了！
	英	I am going to marry Judy.
	音	愛 M　勾引 兔　妹入　茱蒂
B	中	你是説真的嗎？
	英	Are you serious?
	音	阿　優　西瑞耳司

會話

A	中	你是説真的嗎？
	英	Are you serious?
	音	阿　優　西瑞耳司
B	中	你少管閒事！
	英	It's none of your business.
	音	依次　那　歐夫　幼兒　逼斯泥斯

我是認真的！

I'm serious.

愛門　西瑞耳司

同義

我是認真的。
▶I meant it.
愛 密特 一特

我不是開玩笑的。
▶I'm not kidding.
愛門 那 ㄎㄧ丁

這不是開玩笑的！
▶It's not a joke.
依次 那 ㄜ 揪克

反義

我是開玩笑的！
▶I'm kidding.
愛門 ㄎㄧ丁

會話

A	中 你是開玩笑的吧？	
	英 Are you kidding me?	
	音 阿　優　ㄎㄧ丁　密	
B	中 不，我是認真的。	
	英 No, I'm serious.	
	音 弄　愛門　西瑞耳司	

還用得著你說！

You're telling me.

優矮　太耳因　密

會話

A	中	你知道嗎？你被炒魷魚了！
	英	You know what? You're fired.
	音	優　弄　華特　優矮　凡爾的
B	中	還用得著你說！
	英	You're telling me.
	音	優矮　太耳因　密

會話

A	中	你犯了個大錯誤。
	英	You've made a big mistake.
	音	優夫　妹得　ㄜ　逼個　咪斯坦克
B	中	還用得著你說！
	英	You're telling me.
	音	優矮　太耳因　密

你是自討苦吃！

You asked for it.

優 愛斯克特 佛 一特

同義

你是自討苦吃！
▶ You are asking for it.
優 阿 愛斯清 佛 一特

會話

A	中	我覺得你是自討苦吃！
	英	I think you asked for it.
	音	愛 施恩克 優 愛斯克特 佛 一特
B	中	你剛剛說什麼？
	英	What did you say?
	音	華特 低 優 塞

會話

A	中	你是認真的嗎？
	英	Are you serious about it?
	音	阿 優 西瑞耳司 せ保特 一特
B	中	是啊！你是自討苦吃！
	英	Yes. You asked for it.
	音	夜司 優 愛斯克特 佛 一特

事情可能會更糟。

It could be worse.

一特　苦　　逼　　臥司

會話

A	中 情況如何？	
	英 How did it go?	
	音 好　低 一特 購	
B	中 事情可能會更糟。	
	英 It could be worse.	
	音 一特 苦　逼　臥司	

會話

A	中 你的看法是什麼？	
	英 What do you think about it?	
	音 華特　賭　優　施恩克 セ保特 一特	
B	中 事情可能會更糟。	
	英 It could be worse.	
	音 一特 苦　逼　臥司	

請結帳。

Bill, please.

比爾　普利斯

同義

請結帳。
▶Check, please.
　切客　普利斯

會話

A	中 請結帳。 英 Bill, please. 音 比爾　普利斯	
B	中 好的！請稍等！ 英 OK. Wait a moment, please. 音 OK 位特 ㄜ 摩門特　普利斯	

會話

A	中 侍者，請結帳。 英 Waiter! Bill, please. 音 委特爾　比爾　普利斯	
B	中 好的，先生！ 英 OK, sir. 音 OK 捨	

幾點了？

What time is it?

華特　太ㄇ　意思　一特

同義

幾點了？

▶ What's the time?
華資　勒　太ㄇ

你知道幾點了嗎？

▶ What time do you have?
華特　太ㄇ　賭　優　黑夫

會話

A	中 幾點了？	
	英 What time is it?	
	音 華特　太ㄇ　意思　一特	
B	中 十點鐘。	
	英 It's ten o'clock.	
	音 依次　天　A克拉克	

會話

A	中 幾點了？	
	英 What time is it?	
	音 華特　太ㄇ　意思　一特	
B	中 我不知道，我的錶好像慢了。	
	英 I don't know. My watch seems to be slow.	
	音 愛　動特　弄　買　襪區　西米斯　兔　逼　師樓	

你的錶時間有準嗎？

Is your watch right?
意思 幼兒 襪區 軟特

同義

你的錶時間準確嗎？
▶ Does your watch keep good time?
得斯 幼兒 襪區 機舖 估的 太ㄇ

相關

這時間很準。
▶ It keeps good time.
一特 機舖斯 估的 太ㄇ

它每天慢兩分鐘。
▶ It loses about two minutes a day.
一特 漏斯斯 せ保特 凸 咪逆疵 せ 得

會話

A	中 你的錶時間有準嗎？	
	英 Is your watch right?	
	音 意思 幼兒 襪區 軟特	
B	中 它每天快三十秒。	
	英 It gains thirty seconds a day.	
	音 一特 給恩斯 捨替 誰肯斯 せ 得	

菜英文 English World 生活應用篇

196

七點整。

It's seven o'clock sharp.

依次　塞門　Ａ克拉克　夏普

同義

七點鐘。
▶It's seven o'clock.
依次　塞門　Ａ克拉克

相關

八點四十五分。
▶It's eight forty-five.
依次　ㄟ特　佛踢　肥福

三點十五分。
▶It's fifteen after three.
依次　非福聽　ㄝ副特　樹裡

會話

A	中	你的錶幾點了？
	英	What time is it by your watch?
	音	華特　太ㄇ　意思　一特　百　幼兒　襪區
B	中	七點整。
	英	It's seven o'clock sharp.
	音	依次　塞門　Ａ克拉克　夏普

是誰啊？

Who is it?

乎　意思 一特

會話

A	中 扣！扣！扣！（敲門聲）	
	英 (Knock, knock, knock!)	
	音 那克　　那克　　那克	
B	中 是誰啊？	
	英 Who is it?	
	音 乎 意思 一特	
A	中 我是湯姆。	
	英 It's Tom.	
	音 依次 湯姆	

會話

A	中 是誰啊？	
	英 Who is it?	
	音 乎 意思 一特	
B	中 是客房服務。	
	英 Room service.	
	音 入門　蛇密斯	

要喝點什麼？

What would you like to drink?
華特　　　屋糾　　賴克 兔 朱因克

相關

要不要喝點水？
▶ Would you like some water?
　屋糾　賴克　桑　瓦特

要喝咖啡嗎？
▶ Would you like some coffee?
　屋糾　賴克　桑　咖啡

會話

A	中 要喝點什麼？	
	英 What would you like to drink?	
	音 華特　　屋糾　賴克 兔 朱因克	
B	中 不用了，謝謝！	
	英 No, thanks.	
	音 弄　山克斯	

會話

A	中 要喝點什麼？咖啡好嗎？	
	英 What would you like to drink? Coffee?	
	音 華特　　屋糾　賴克 兔 朱因克　咖啡	
B	中 好的，謝謝！	
	英 Yes, please.	
	音 夜司　普利斯	

別客氣，自己來！

Help yourself.

黑耳ㄆ 幼兒塞兒夫

會話

A	中 別客氣，自己來！	
	英 Help yourself.	
	音 黑耳ㄆ 幼兒塞兒夫	
B	中 謝謝！	
	英 Thank you.	
	音 山糾	

會話

A	中 別客氣，自己來！	
	英 Help yourself.	
	音 黑耳ㄆ 幼兒塞兒夫	
B	中 不用了，謝謝！我飽了。	
	英 No, thanks. I'm full.	
	音 弄 山克斯 愛門 佛	

不要拘束！

Make yourself at home.

妹克　幼兒塞兒夫　ㄟ　厚

會話

A	中 進來吧！	
	英 Come on in.	
	音　康　忘　引	
B	中 謝謝！	
	英 Thanks.	
	音　山克斯	
A	中 不要拘束！	
	英 Make yourself at home.	
	音　妹克　幼兒塞兒夫　ㄟ　厚	

很高興認識你！

Nice meeting you.

耐斯　　密挺引　　優

同義

▶It's nice meeting you.
依次 耐斯 密挺引　優

會話

A	🀄 很高興認識你！再見！	
	🇬🇧 Nice meeting you. Bye.	
	🔊 耐斯　密挺引　　優　　拜	
B	🀄 我也是。再見囉！	
	🇬🇧 Me too. See you.	
	🔊 密　兔　　吸　優	

我的公車來了。

Here comes my bus.

ㄏㄧ爾　康斯　買　巴士

會話

A	中 噢，對不起，我的公車來了。	
	英 Oh, excuse me, here comes my bus.	
	音 喔　ㄟ克斯Q斯　密　ㄏㄧ爾　康斯　買　巴士	
B	中 好，再見囉！	
	英 OK. See you soon.	
	音 OK　吸　優　訓	

為什麼？

Why?

壞

同義

為什麼？
▶How come?
　好　康

為什麼（目的）？
▶What for?
　華特　佛

會話

A	中 我今天早上錯過火車了。	
	英 I missed the train this morning.	
	音 愛 密斯的　勒 春安 利斯　摸寧	
B	中 為什麼？發生什麼事了？	
	英 Why? What happened?	
	音 壞　華特　黑噴的	

會話

A	中 我真的不喜歡她。	
	英 I really don't like her.	
	音 愛 瑞兒裡 動特 賴克 喝	
B	中 為什麼？	
	英 How come?	
	音 好　康	

事情還是很令人疑惑。

It's so confusing.

依次　蒐　康佛斯因

同義

事情真是令人疑惑！

▶It's confusing.
依次　康佛斯因

相關

我感到疑惑！

▶I am confused.
愛　M　康佛斯的

會話

A	中	你還是沒弄懂，對嗎？
	英	You still didn't get it, did you?
	音	優　斯提歐 低等　給特　一特 低　優
B	中	沒有，我不懂。事情還是很令人疑惑。
	英	No, I didn't. It's so confusing.
	音	弄　愛 低等　依次　蒐　康佛斯因

我被搞得糊里糊塗的！

I'm confused.

愛門　康佛斯的

同義

我有點被搞得糊里糊塗的！
►I'm a bit confused.
愛門 ㄜ 畢特 康佛斯的

我被搞得糊里糊塗的！
►It confused me.
一特 康佛斯的　密

相關

你把我搞得糊里糊塗的。
►You're confusing me!
優矮　康佛斯因　密

會話

A	中 他們決定下個月要結婚。	
	英 They decided to get married next month	
	音 勒　低賽低的　兔 給特　妹入特　耐司特　忙斯	
B	中 下個月？我被搞得好迷糊了！	
	英 Next month? I'm so confused.	
	音 耐司特　忙斯　愛門 蒐　康佛斯的	

你猜猜怎麼了？

Guess what?

給斯　華特

同義

你知道嗎？
▶ You know what?
優　弄　華特

聽好！
▶ Check this out.
切客　利斯　凹特

會話

A	中 你猜猜怎麼了？
	英 Guess what?
	音 給斯　華特
B	中 什麼事？
	英 What's up?
	音 華資　阿鋪

會話

A	中 你猜猜怎麼了，我剛剛通過入學考試了。
	英 Guess what? I just passed the etrance exam.
	音 給斯　華特　愛賈斯特斯的　勒　安純西　一任
B	中 恭喜你。
	英 Congratulations.
	音 康鬼居勒訓斯

我有事要告訴你。

I have something to tell you.

愛 黑夫　　　桑性　　　兔 太耳 優

會話

A	中 我有事要告訴你。	
	英 I have something to tell you.	
	音 愛 黑夫　　桑性　　　兔 太耳 優	
B	中 怎麼啦？	
	英 What's up?	
	音　華資 阿鋪	

會話

A	中 我有事要告訴你。	
	英 I have something to tell you.	
	音 愛 黑夫　　桑性　　　兔 太耳 優	
B	中 你看起來好沮喪！	
	英 You look so upset.	
	音 優　路克 蒐 阿鋪塞特	

說來聽聽！

Tell me about it.

太耳　密　せ保特　一特

同義

說來聽聽。

▶ Try me.
　踹　密

會話

A	中 你知道發生什麼事了嗎？ 英 Did you know what happened? 音 低　優　弄　華特　黑噴的
B	中 說來聽聽！ 英 Tell me about it. 音 太耳　密　せ保特　一特

會話

A	中 你不會相信的！ 英 You're not going to believe it. 音 優矮　那　勾引　兔　逼力福　一特
B	中 說來聽聽！ 英 Try me. 音 踹　密

誰說的？

Says who?

塞斯　乎

會話

A	中	大衛要辭職了！
	英	David is going to quit.
	音	大衛 意思 勾引 兔 魁特
B	中	真的嗎？誰說的？
	英	No kidding? Says who?
	音	弄　ㄎ一丁　塞斯　乎
A	中	是你不認識的人。
	英	Someone you don't know.
	音	桑萬　優　動特　弄

真有那麼回事嗎？

Is that so?

意思 類 蒐

同義

真的？
►Really?
瑞兒裡

真是事實嗎？
►Is that true?
意思 類 楚

不是開玩笑的吧！
►No kidding?
弄 ㄎㄧ丁

你說的是事實嗎？
►Are you telling the truth?
阿 優 太耳因 勒 處司

會話

A	中	什麼事讓你耽擱得這麼晚？
	英	What kept you so late?
	音	華特 給波的 優 蒐 淚特
B	中	我錯過火車了。
	英	I missed the train.
	音	愛 密斯的 勒 吹安
A	中	真有那麼回事嗎？
	英	Is that so?
	音	意思 類 蒐

我受寵若驚。

I'm flattered.

愛門　富來特兒的

同義

我受寵若驚。
▶I feel flattered.
愛 非兒 富來特兒的

我真是受寵若驚。
▶I feel greatly flattered.
愛 非兒 鬼雷特裡 富來特兒的

會話

A	中 要加入我們嗎？	
	英 Would you like to join us?	
	音 屋糾　賴克　兔 糾引 惡斯	
B	中 對於你們的邀請，我受寵若驚。	
	英 I'm flattered by your invitation.	
	音 愛門 富來特兒的 百　幼兒　印賣特訓	

我不會說的。

I'm not telling.

愛門　那　太耳因

同義

我不打算告訴你。
► I'm not going to tell you.
愛門　那　勾引　兔 太耳 優

我不會讓你知道！
► I won't let you know.
愛 甕　勒　優　弄

不予置評！
► No comment.
弄　康門

會話

A	中 他發生什麼事了？	
	英 What happened to him?	
	音 華特　黑噴的　兔 恨	
B	中 我不會說的。	
	英 I'm not telling.	
	音 愛門　那 太耳因	

我不是故意的。

I didn't mean to.

愛 低等 密 兔

相關

那不是我的意思。
▶It's not what I meant.
依次 那 華特 愛 密特

我不是那個意思。
▶I didn't mean that.
愛 低等 密 類

會話

A	中 嘿，你踩到我了！	
	英 Hey, you stepped on me.	
	音 嘿 優 斯得的 忘 密	
B	中 抱歉，我不是故意的。	
	英 Sorry, I didn't mean to.	
	音 蒐瑞 愛 低等 密 兔	

我想想。

Let me see.
勒　密　吸

同義

讓我想一想。
►Let me think about it.
　勒　密　施恩克　せ保特　一特

會話

A	中 這件事你覺得如何？	
	英 What do you think of it?	
	音 華特　賭　優　施恩克　歐夫　一特	
B	中 我想想！	
	英 Let me see.	
	音 勒　密　吸	

這只是我個人的想法。

It's just a thought.

依次 賈斯特 ㄜ 收特

同義

只是一個想法。
▶Just an idea.
賈斯特 恩 愛滴兒

這是我的主意。
▶Here is my idea.
ㄏㄧ爾 意思 買 愛滴兒

我只是在想！
▶I was wondering.
愛 瓦雌 王得因

會話

A	中	你剛剛說了什麼？
	英	What did you just say?
	音	華特　低　優 賈斯特 塞
B	中	沒關係，這只是我個人的想法。
	英	Never mind. It's just a thought.
	音	耐摩　麥得 依次 賈斯特 ㄜ 收特

何不聽聽我的想法。

Listen to this.

樂身　兔　利斯

相關

聽我說！
►Look.
　路克

聽我說！
►Listen to me.
　樂身　兔　密

會話

A	中 也許我們應該要打開門！ 英 Maybe we should open the door. 音 美批　屋依　秀得　歐盆　勒　斗
B	中 聽著！我不這麼認為！ 英 Listen to this. I don't think so. 音 樂身　兔 利斯 愛 動特 施恩克 蒐

會話

A	中 我該怎麼辦？ 英 What shall I do? 音 華特　修 愛 賭
B	中 何不聽聽我的想法… 英 Listen to this... 音 樂身　兔 利斯

你沒在聽我說！

You're not listening to me.

優矮　那　　樂身因　兔　密

會話

A	中 那是什麼意思？	
	英 What does it mean?	
	音 華特　得斯　一特　密	
B	中 你沒在聽我說！	
	英 You're not listening to me.	
	音 優矮　那　樂身因　兔　密	

會話

A	中 你沒在聽我說！	
	英 You're not listening to me.	
	音 優矮　那　樂身因　兔　密	
B	中 什麼？你剛剛說了什麼？	
	英 What? What did you just say?	
	音 華特　華特　低　優　賈斯特塞	

我不知道。

I don't know.

愛 動特　弄

同義

▶I have no idea.
愛 黑夫　弄 愛滴兒

▶I have no clue.
愛 黑夫　弄 客魯

▶I don't know for sure.
愛 動特　弄　佛　秀

▶I don't really know.
愛 動特　瑞兒裡　弄

會話

A	中 你知道郵局在哪裡嗎？	
	英 Do you know where the post office is?	
	音 賭　優　弄　灰耳　勒 婆斯特 歐肥斯 意思	
B	中 對不起，我不知道。	
	英 Sorry, I don't know.	
	音 蒐瑞 愛 動特　弄	

219

我一無所知！

I know nothing about it.

愛 弄　　那性　　せ保特 一特

同義

我不知道這件事。

▶ I don't know about it.
愛 動特　弄　せ保特 一特

會話

A	中	誰在我的廚房做的好事？
	英	Who did this in my kitchen?
	音	乎 低 利斯引買 雞勤
B	中	不是我！我不知道這件事。
	英	Not me. I know nothing about it.
	音	那 密 愛弄 那性 せ保特 一特

會話

A	中	我不知道這件事！
	英	I don't know about it.
	音	愛 動特 弄 せ保特 一特
B	中	為什麼不知道？
	英	Why not?
	音	壞 那

你完全不知道！

You have no idea.

優　黑夫　弄　愛滴兒

會話

A	中 你根本什麼都不知道！
	英 You have no idea.
	音 優　黑夫　弄 愛滴兒
B	中 你為什麼會這麼認為？
	英 What makes you think so?
	音 華特　妹克斯　優　施恩克　蒐

會話

A	中 也許不是他，對吧？
	英 Maybe it's not him, right?
	音 美批　依次　那　恨　軟特
B	中 你完全不知道狀況！
	英 You have no idea at all.
	音 優　黑夫　弄 愛滴兒 ㄟ 歐

你這是什麼意思？

What do you mean by that?

華特　賭　優　密　百　類

同義

你是什麼意思？
▶ What do you mean?
　華特　賭　優　密

會話

A	中	也許你就是兇手。
	英	Maybe you are the killer.
	音	美批　優　阿勒　機惹
B	中	你這是什麼意思？
	英	What do you mean by that?
	音	華特　賭　優　密　百　類

會話

A	中	我以為她是你最好的朋友。
	英	I thought she was your best friend.
	音	愛　收特　需　瓦雌　幼兒　貝斯特　副蘭得
B	中	你是什麼意思？
	英	What do you mean?
	音	華特　賭　優　密

我沒有時間。

I don't have time.

愛 動特　黑夫　太ㄇ

相關

我沒有時間去做。

▶I don't have time to do it.
愛 動特 黑夫 太ㄇ 兔 賭 一特

會話

A	中 你可以洗碗嗎？	
	英 Could you do the dishes?	
	音　　苦糾　賭　勒　地需一斯	
B	中 恐怕不行。我沒有時間。	
	英 No, I don't think so. I don't have time.	
	音 弄 愛 動特 施恩克 蒐 愛 動特 黑夫　太ㄇ	

你有空嗎?

Do you have time?

賭　優　黑夫　太口

會話

A	中 你有空嗎?	
	英 Do you have time?	
	音 賭　優　黑夫　太口	
B	中 有啊!什麼事?	
	英 Sure. What's up?	
	音 　秀　　華資　阿鋪	

會話

A	中 你有空嗎?	
	英 Do you have time?	
	音 賭　優　黑夫　太口	
B	中 沒有,我現在很忙!	
	英 No. I'm quite busy now.	
	音 弄　愛門　快特　逼日　惱	

在忙嗎？

Are you keeping busy?

| 阿 | 優 | 機舖引 | 逼日 |

同義

現在在忙嗎？
▶Busy now?
　逼日　惱

會話

A	中	在忙嗎？
	英	Are you keeping busy?
	音	阿　優　機舖引　逼日
B	中	不，一點都不會。有什麼事嗎？
	英	No, not at all. What's up?
	音	弄　那ㄟ歐　華資 阿舖
A	中	我現在可以和你說句話嗎？
	英	Can I talk to you now?
	音	肯 愛 透克 兔 優　惱

我現在很忙。

I'm quite busy now.

愛門　快特　逼日　惱

同義

我（現在）手頭上有事。

▶ I'm in the middle of something.

愛門 引 勒 米斗 歐夫 桑性

會話

A	中	有空嗎談一談嗎？
	英	Got a minute to talk?
	音	咖 ㄜ 咪逆特 兔 透克
B	中	抱歉，我現在很忙。
	英	Sorry, I'm quite busy now.
	音	蒐瑞　愛門 快特　逼日　惱

會話

A	中	我現在很忙。
	英	I'm quite busy now.
	音	愛門 快特 逼日　惱
B	中	好吧，你忙吧！
	英	No problem.
	音	弄　撲拉本

我被炒魷魚了。

I got fired.
愛 咖 凡爾的

同義

我被解雇了。
▶I was laid off.
愛 瓦雌 累的 歐夫

相關

你被解雇了！
▶You are fired.
優 阿 凡爾的

他們把我開除了。
▶They kicked me out.
勒 丂客的 密 凹特

會話

A	中	你看起來心情不好！
	英	You look upset.
	音	優　路克 阿鋪塞特
B	中	我被炒魷魚了。
	英	I got fired.
	音	愛 咖 凡爾的
A	中	真是遺憾！
	英	Sorry to hear that.
	音	蒐瑞 兔 厂一爾 類

我被困住了。

I got stuck!

愛咖　斯大客

同義

我被困在機場了。

▶ I got stuck at the airport.
愛 咖 斯大客 ㄟ 勒 愛爾破特

我被困在山頂上。

▶ I got stuck on the top of a mountain.
愛 咖 斯大客 忘 勒 踏步 歐夫 ㄜ 貓疼的

會話

A	中 為什麼遲到了？	
	英 Why were you late?	
	音 壞 我兒 優 淚特	
B	中 我被困在車陣中動彈不得。	
	英 I got stuck in the traffic jam.	
	音 愛 咖 斯大客 引 勒 喘非克 杰母	

也許我會吧！

I guess I will.

愛　給斯　愛　我

會話

A	中 你何不告訴你的父母親？
	英 Why don't you tell your parents?
	音 壞　動特　優　太耳 幼兒　配潤斯
B	中 也許我會吧！
	英 I guess I will.
	音 愛 給斯　愛 我

會話

A	中 也許對你來說是好事。
	英 Maybe it's good for you.
	音 美批　依次　估的　佛　優
B	中 好吧！也許我會吧！
	英 OK. I guess I will.
	音 OK 愛　給斯　愛 我

我想是吧！

I guess so.

愛 給斯 蒴

同義

可能吧！
▶ Maybe, maybe not.
　美批　　美批　　那

也是，也不是！
▶ Yes, and no.
　夜司　安　弄

會話

	中 你還是不懂，對嗎？
A	英 You still don't get it, do you?
	音 優 斯提歐 動特 給特 一特 賭 優
B	中 我想是吧！
	英 I guess so.
	音 愛 給斯 蒴

會話

	中 我想是吧！
A	英 I guess so.
	音 愛 給斯 蒴
B	中 不會吧！
	英 No way!
	音 弄 位

我別無選擇。

I have no choice.

愛 黑夫 弄　丘以私

同義

我別無選擇。

▶I have no options.
愛 黑夫 弄　阿破訓斯

我別無選擇。

▶I have no other choice.
愛 黑夫 弄　阿樂　丘以私

實在是別無選擇。

▶There is no choice.
淚兒 意思 弄　丘以私

會話

A	中 你為什麼這麼做？	
	英 Why did you do that?	
	音 壞 低 優 賭 類	
B	中 別問我為什麼。我別無選擇。	
	英 Don't ask me why. I have no choice.	
	音 動特 愛斯克 密 壞 愛 黑夫 弄 丘以私	

我還沒有決定。

I haven't decided yet.

愛　黑悶　低賽低的　耶特

反義

我已經決定了！
▶I have decided.
愛 黑夫 低賽低的

會話

A	中	你要點餐了嗎？
	英	Are you ready to order?
	音	阿　優　瑞底　兔　歐得
B	中	我還沒有決定。
	英	I haven't decided yet.
	音	愛　黑悶　低賽低的　耶特

會話

A	中	嗯，你的決定是什麼？
	英	Well, how about your decision?
	音	威爾　好　せ保特　幼兒　低日訓
B	中	我還沒有決定。
	英	I haven't decided yet.
	音	愛　黑悶　低賽低的　耶特

由你決定。

It's up to you.
依次 阿鋪 兔 優

同義

由你決定。
▶Up to you.
阿鋪 兔 優

這是你自己要做的決定。
▶It's your own decision.
依次 幼兒 翁 低口訓

相關

由你決定！
▶You decide.
　優 低賽的

你作個決定吧！
▶Make up your mind.
妹克 阿鋪 幼兒 麥得

會話

A	中	我就不想討論這件事。
	英	I don't want to talk about it.
	音	愛 動特　忘特 兔 透克 せ保特 一特
B	中	由你決定！
	英	It's up to you.
	音	依次 阿鋪 兔 優

會話

A	中	我對當一個老好人感到厭煩了。
	英	I'm tired of being nice.
	音	愛門 太兒的 歐夫 逼印 耐斯
B	中	由你決定。
	英	Up to you.
	音	阿鋪 兔 優

我也希望是如此。

I hope so.

愛 厚ㄆ 蒐

會話

A	⊕ 盡你所能的去完成吧！	
	英 Do your best to finish it.	
	音 賭 幼兒 貝斯特 兔 ㄈ尼續 一特	
B	⊕ 我也希望是如此。	
	英 I hope so.	
	音 愛 厚ㄆ 蒐	

會話

A	⊕ 也許對你來說是好事。	
	英 Maybe it's good for you.	
	音 美批 依次 估的 佛 優	
B	⊕ 我也希望是如此。	
	英 I hope so.	
	音 愛 厚ㄆ 蒐	

我警告過你了。

I warned you.

愛　旺的　優

同義

我之前就警告過你了！
▶ I warned you before.
愛　旺的　優　必佛

我已經告訴過你（會發生這個情形了）。
▶ I told you so.
愛　透得　優　蒐

會話

A	中 我沒有預期會發生這件事。
	英 I didn't expect it to happen.
	音 愛 低等　醫師波特 一特 兔 黑噴
B	中 我警告過你了。
	英 I warned you.
	音 愛 旺的　優

會話

A	中 我警告過你了。
	英 I warned you.
	音 愛 旺的　優
B	中 就算如此，也是值得的不是嗎？
	英 Even so, it's still worth it, isn't it?
	音 依悶　蒐 依次 斯提歐 臥施 一特 一任 一特

我告訴過你不要這麼做了！

I've told you not to do it.

愛夫　透得　優　那　兔賭　一特

同義

你沒聽我的話！

▶You were not listening to me.
　優　我兒　那　　樂身因　兔密

會話

A	中 我昨晚的確有設定鬧鐘。	
	英 I did set the alarm last night.	
	音 愛 低 塞特 勒 惡狼母 賴斯特 耐特	
B	中 你看！我告訴過你不要這麼做了！	
	英 See? I've told you not to do it.	
	音 吸　愛夫 透得 優　那 兔賭 一特	

會話

A	中 我搞砸了！	
	英 I screwed it up.	
	音 愛 思古露的 一特 阿鋪	
B	中 我告訴過你不要這麼做了！	
	英 I've told you not to do it.	
	音 愛夫 透得 優　那 兔賭 一特	

我會盡力的！

I'll do my best.

愛我 賭 買　貝斯特

同義

我盡量。
▶I'll try my best.
愛我 踹 買 貝斯特

我盡量。
▶I'll try to.
愛我 踹 兔

會話

A	中	你能在五點鐘之前完成嗎？
	英	Can you finish it by 5 o'clock?
	音	肯 優 ㄈ尼續 一特 百 肥福 克拉克
B	中	我會盡力的！
	英	I'll do my best.
	音	愛我 賭 買 貝斯特

會話

A	中	我會盡力的！
	英	I'll try my best.
	音	愛我 踹 買 貝斯特
B	中	太感謝你了！
	英	Thank you so much.
	音	山糾 蒐 罵區

我來看看我能幫什麼忙！

I'll see what I can do.

愛我 吸 華特 愛 肯 賭

會話

A	中 我該怎麼辦？	
	英 What shall I do?	
	音 華特 修 愛 賭	
B	中 我來看看我能幫什麼忙！	
	英 I'll see what I can do.	
	音 愛我 吸 華特 愛 肯 賭	

會話

A	中 可以幫我一下嗎？	
	英 Could you help me with it?	
	音 苦糾 黑耳ㄅ密 位斯 一特	
B	中 好啊！我來看看我能幫什麼忙！	
	英 Sure. I'll see what I can do.	
	音 秀 愛我 吸 華特 愛 肯 賭	

我會試試看。

I will try.

愛 我　踹

同義

我會試試看。
▶I'll take a shot.
愛我 坦克 ㄜ 下特

我會再試一次！
▶I'll try again.
愛我　踹　愛乾

會話

A	中 你為什麼不向你的父母求助？	
	英 Why don't you ask your parents for help	
	音 壞　動特　優　愛斯克 幼兒　配潤斯　佛　黑耳ㄆ	
B	中 好主意！我會試試看。	
	英 Good idea. I will try.	
	音 　佔的 愛滴兒 愛 我 踹	

再試試吧！

Try again.

端　愛乾

會話

A	中 哦，這箱子可真重！ 英 Oh, this box is very heavy. 音 喔　利斯 拔撕 意思 肥瑞 黑肥
B	中 再試試吧！ 英 Try again. 音 端　愛乾

會話

A	中 我自己做不到！ 英 I can't do it by my own. 音 愛 肯特 賭 一特 百 買 翁
B	中 再試試吧！ 英 Try again. 音 端　愛乾

那值得一試。

It's worth a shot.

依次　臥施　ㄜ　下特

會話

A	中 你覺得我的主意如何？ 英 What do you think of my idea? 音 華特　賭　優　施恩克　歐夫　買　愛滴兒
B	中 那值得一試。 英 It's worth a shot. 音 依次 臥施　ㄜ　下特

的確是這樣。

I will say.

愛 我 塞

同義

沒錯！
▶You are right.
　優 阿 軟特

沒錯！
▶That's right.
　類茲 軟特

是的，的確是！
▶Yes, it is.
　夜司 一特 意思

會話

A	中	我覺得他不是蘇珊喜歡的類型。
	英	I don't think he is Susan's style.
	音	愛 動特 施恩克 厂一 意思 蘇森斯 史太耳
B	中	的確是這樣的。
	英	I will say.
	音	愛 我 塞

就這個星期五好嗎？

How about this Friday?

好　せ保特　利斯　富來得

相關

這一個如何？
▶ How about this one?
　好　せ保特　利斯　萬

會話

A	中 什麼時候去好呢？	
	英 When is a good time to come?	
	音 昏　意思 せ 佔的　太ㄇ　兔　康	
B	中 就這個星期五好嗎？	
	英 How about this Friday?	
	音 好　せ保特　利斯　富來得	

會話

A	中 你的想法呢？	
	英 What's your opinion?	
	音 華資　幼兒　阿批泥恩	
B	中 嗯，這一個如何？	
	英 Well, how about this one?	
	音 威爾　好　せ保特　利斯　萬	

我可以。

That's fine with me.

類茲　凡　位斯　密

會話

A	中	要不要喝杯咖啡？
	英	How about a cup of coffee?
	音	好　せ保特 て 卡鋪 歐夫 咖啡
B	中	好啊！
	英	That's fine with me.
	音	類茲　凡　位斯　密

會話

A	中	我覺得我們應該要如期完成！
	英	I think we have to finish it on time.
	音	愛 施恩克 屋依 黑夫 兔 匸尼續 一特 忘 太口
B	中	我沒問題！
	英	That's fine with me.
	音	類茲　凡　位斯　密

事情說來話長。

It's a long story.

依次 ㄜ 龍　斯兜瑞

相關

我不想說。
▶I don't want to talk about it.
愛 動特 忘特 兔 透克 ㄝ保特 一特

會話

A	中	我們上個月分手了。
	英	We broke up last month.
	音	屋依 不羅客 阿鋪 賴斯特 忙斯
B	中	為什麼？你們怎麼啦？
	英	How come? What happened to you?
	音	好　康　華特　黑噴的　兔　優
A	中	事情說來話長。
	英	It's a long story.
	音	依次 ㄜ龍　斯兜瑞

會話

A	中	發生什麼事了？
	英	What's going on?
	音	華資　勾引 忘
B	中	我不想說。
	英	I don't want to talk about it.
	音	愛 動特 忘特 兔 透克 ㄝ保特 一特

拜託，不要現在！

Not now, please.

那　惱　普利斯

會話

A	中 現在可以談一談嗎？	
	英 Got a minute to talk now?	
	音 咖 ㄝ 咪逆特 兔 透克 惱	
B	中 拜託，不要現在！	
	英 Not now, please.	
	音 那 惱 普利斯	

會話

A	中 有什麼我現在可以做的	
	英 Is there anything I can do?	
	音 意思 淚兒 安尼性 愛 肯 賭	
B	中 拜託，不要現在！別管我！	
	英 Not now, please. Just leave me alone.	
	音 那 惱 普利斯 賈斯特 力夫 密 A弄	

247

那只是你個人的看法。

That's what you say.

類茲　華特　優　塞

相關

我不這麼認為！
▶I don't think so.
愛　動特　施恩克　蒐

會話

A	🀄 他不認同你的看法。	
	🔤 He doesn't agree with you.	
	🔊 ㄏㄧ　得任　　阿鬼　位斯　優	
B	🀄 那只是你個人的看法。	
	🔤 That's what you say.	
	🔊 類茲　華特　優　塞	

會話

A	🀄 也許對他來說是好事。	
	🔤 Maybe it's good for him.	
	🔊 美批　依次　估的　佛　恨	
B	🀄 我不這麼認為！	
	🔤 I don't think so.	
	🔊 愛　動特　施恩克　蒐	

看看你！

Look at you.

路克 ㄟ 優

會話

A	中 **看看你！**	
	英 Look at you.	
	音 路克 ㄟ 優	
B	中 **有問題嗎？**	
	英 Anything wrong?	
	音 安尼性 弄	
A	中 **是你頭髮啊！**	
	英 It's your hair.	
	音 依次 幼兒 黑爾	

我很期待這件事。

I look forward to it.

愛 路克　佛臥得　兔 一特

同義

我很期待這件事！
▶I'm looking forward to it.
愛門 路克引　佛臥得 兔 一特

相關

我很期待這次的派對。
▶I'm looking forward to this party.
愛門 路克引　佛臥得 兔 利斯 趴提

我很期待與你見面。
▶I'm looking forward to seeing you.
愛門 路克引　佛臥得 兔 吸引　優

我們相當期待你的來訪！
▶We're looking forward to your visit.
屋阿　路克引　佛臥得　兔 幼兒 咪Z特

會話

A	中 你有要去參加派對嗎？	
	英 Are you going to the party?	
	音 阿 優　勾引 兔 勒　趴提	
B	中 當然要！我很期待這件事。	
	英 Sure. I look forward to it.	
	音 秀　愛 路克　佛臥得 兔 一特	

有道理！

It made sense.

一特 妹得　攝影師

同義

那是有道理的！
▶That made sense.
　類　妹得　攝影師

真是太有道理了！
▶That made perfect sense.
　類　妹得　ㄆ肥特　攝影師

反義

莫名其妙！
▶It made no sense.
一特 妹得 弄　攝影師

沒道理！
▶It's nonsense.
依次　拿攝影師

會話

A	中	我覺得我們應該要搭火車過去。
	英	We should go there by train.
	音	屋依　秀得　　購　淚兒　百　春安
B	中	有道理！
	英	It made sense.
	音	一特　妹得　攝影師

慢慢來不用急！

Take your time.

坦克　幼兒　太ㄇ

相關

深呼吸一下！
▶ Take a deep breath.
坦克 ㄜ 低波 不理詩

事情沒有那麼緊急！
▶ It's not urgent.
依次 那　耳准

會話

A	中 慢慢來，不用急！ 英 Take your time. 音 坦克 幼兒　太ㄇ
B	中 滾開，現在太晚了！ 英 Out of my way. It's too late now. 音 凹特 歐夫買　位 依次 兔 淚特　惱

會話

A	中 請稍等！ 英 Wait a moment, please. 音 位特 ㄜ 摩門特　普利斯
B	中 沒關係，不用急！ 英 Take your time. 音 坦克 幼兒　太ㄇ

慢慢說！/慢一點！

Slow down.

師樓　黨

反義

快一點！
▶Hurry up.
　喝瑞　阿舖

會話

A	中 快一點！	
	英 Hurry up.	
	音 喝瑞　阿舖	
B	中 嘿，慢慢說！	
	英 Hey, slow down.	
	音 嘿　師樓　黨	

會話

A	中 慢一點！	
	英 Slow down.	
	音 師樓　黨	
B	中 現在太晚了！	
	英 It's too late now.	
	音 依次 兔 淚特　惱	

用用你的腦袋吧！

Use your head.

又司　幼兒　黑的

相關

你自己算！
▶You do the math.
　優　賭　勒　賣師

會話

A	中	裡發生了什麼事？
	英	What's going on here?
	音	華資　勾引　忘　ㄏㄧ爾
B	中	用用你的腦袋吧，笨蛋！
	英	Use your head, idiot.
	音	又司　幼兒　黑的　一滴耳特

你說說話吧！

Say something.

塞　　桑性

會話

A	中 有誰可以告訴我這裡發生什麼事了？	
	英 Anyone tell me what happened here?	
	音 安尼萬　太耳　密　華特　黑噴的　ㄏ一爾	
B	中 你說說話吧！	
	英 Say something.	
	音 塞　　桑性	
C	中 為什麼要我說？	
	英 Why me?	
	音 壞　密	

會話

A	中 你說說話吧！	
	英 Say something.	
	音 塞　　桑性	
B	中 你想要我說什麼？	
	英 What do you want me to say?	
	音 華特　賭　優　忘特　密　兔　塞	

朋友就是要互相幫助啊！

What are friends for?

華特　阿　副蘭得斯　佛

相關

我全都仰賴你了！

▶I can count on you.

愛　肯　考特　忘　優

會話

A	中	太感謝你了！
	英	Thank you so much.
	音	山紐　蒐　罵區
B	中	不必客氣！朋友就是要互相幫助啊！
	英	It's OK. What are friends for?
	音	依次 OK　華特　阿　副蘭得斯　佛

你有我們啊！

You have us.

優　黑夫　惡斯

同義

我們會陪你度過！
▶ We'll be here with you.
屋依我　逼　厂一爾　位斯　優

會話

A	中	我真的不知道該怎麼辦！
	英	I don't really know what to do.
	音	愛 動特 瑞兒裡　弄　華特 兔 賭
B	中	親愛的，你有我們啊！
	英	Sweetie, you have us.
	音	思味踢　優　黑夫 惡斯

會話

A	中	我真是不敢相信！
	英	I can't believe it.
	音	愛 肯特　逼力福 一特
B	中	我們會陪你度過！
	英	We'll be here with you.
	音	屋依我 逼 厂一爾 位斯 優

我瞭解你的感受！

I know how you feel.

愛　弄　　好　優　非兒

同義

我很遺憾！

▶I'm sorry.
愛門 蒐瑞

會話

A	中 喔，我的天啊！	
	英 Oh, my God.	
	音 喔 買 咖的	
B	中 我瞭解你的感受！	
	英 I know how you feel.	
	音 愛 弄 好 優 非兒	

會話

A	中 不會吧！	
	英 No! No! No!	
	音 弄 弄 弄	
B	中 我瞭解你的感受！	
	英 I know how you feel.	
	音 愛 弄 好 優 非兒	

在趕什麼？

What's the hurry?

華資　勒　喝瑞

同義

急什麼！
▶What's the rush!
　華資　勒　日阿需

你為什麼這麼趕？
▶Why are you hurrying?
　壞　阿　優　喝瑞引

會話

A	中 在趕什麼？	
	英 What's the hurry?	
	音 華資　勒　喝瑞	
B	中 我們要去趕搭飛機。	
	英 We have to catch the plane.	
	音 屋依　黑夫　兔　凱區　勒　不蘭	

259

你(們)要去哪裡?

Where are you off to?

灰耳　阿　優　歐夫　兔

同義

你(們)要去哪裡?
▶Where are you going?
　灰耳　阿　優　勾引

你(們)要去哪裡?
▶Where are you headed?
　灰耳　阿　優　黑踢的

會話

A	中 你們要去哪裡?	
	英 Where are you off to?	
	音 灰耳　阿　優　歐夫兔	
B	中 我們要去看電影。	
	英 We're going to see a movie.	
	音 屋阿　勾引　兔　吸　ㄜ　母米	
C	中 想要一起來嗎?	
	英 Wanna come with us?	
	音 望難　康　位斯　惡斯	

例如什麼？

Such as?

薩區 ㄟ斯

同義

例如什麼？
▶For example?
佛 一個任波

會話

A	中	例如什麼？
	英	Such as?
	音	薩區 ㄟ斯
B	中	也許你可以買mp3給我！
	英	Maybe you can buy me an mp3.
	音	美批 優肯 百 密 恩 mp樹裡

會話

A	中	我們應該要做一點不一樣的事！
	英	We should do something different.
	音	屋依 夯得 賭 桑性 低粉特
B	中	例如什麼？
	英	For example?
	音	佛 一個任波

我向你保證。

You have my word.
優　黑夫　買　臥的

類似

我向你保證。
▶ I give you my word for it.
愛　寄　優　買　臥的　佛　一特

我向你保證。
▶ Take my word for it.
坦克　買　臥的　佛　一特

會話

A	中 我如何能相信你？	
	英 How can I trust you?	
	音 　好　肯　愛　差司特　優	
B	中 我向你保證。	
	英 You have my word.	
	音 　優　　黑夫　買　臥的	

會話

A	中 我才不相信！	
	英 I don't believe it.	
	音 愛　動特　逼力福　一特	
B	中 我向你保證。	
	英 You have my word.	
	音 　優　黑夫　買　臥的	

我發誓！

I promise.

愛 趴摩斯

同義

我向你保證！
▶I promise you.
愛 趴摩斯 優

我發誓！
▶I swear.
愛 斯威爾

相關

你敢保證嗎？
▶You promise?
優 趴摩斯

他有向我保證過！
▶He promised it to me.
ㄏ一 趴摩斯的 一特 兔 密

你答應過我的。
▶You promised.
優 趴摩斯的

會話

A	中	記得要叫我起床！
	英	Remember to wake me up.
	音	瑞敏波　　兔　胃課　密　阿鋪
B	中	我發誓我會的！
	英	I promise I will.
	音	愛　趴摩斯　愛　我

會話

A	中	別擔心我！
	英	Don't worry about me.
	音	動特　窩瑞　せ保特　密
B	中	你敢保證嗎？
	英	You promise?
	音	優　　趴摩斯

你會後悔的！

You'll be sorry.

優我　逼　蒐瑞

同義

你會為那件事後悔的。

▶ You'll be sorry for that.
優我　逼　蒐瑞　佛　類

我相信你會為這麼做而後悔的。

▶ I believe you will regret doing this.
愛 逼力福　優　我　瑞鬼特　督引 利斯

會話

A	中	你會後悔的！
	英	You'll be sorry.
	音	優我　逼　蒐瑞
B	中	不關你的事！
	英	It's none of your business.
	音	依次 那　歐夫 幼兒　逼斯泥泥斯

會話

A	中	我想要和肯尼出去。
	英	I want to go out with Kenny.
	音	愛 忘特 兔 購凹特 位斯 肯尼
B	中	你會後悔的！
	英	You will be sorry.
	音	優　我　逼　蒐瑞

拜託啦！

Please?

普利斯

會話

A	中 我可以和肯尼去游泳嗎？	
	英 Can I go swimming with Kenny?	
	音 肯 愛 購 司溫命引 位斯 肯尼	
B	中 不可以！	
	英 I don't think so.	
	音 愛 動特 施恩克 蒐	
A	中 拜託啦！	
	英 Please?	
	音 普利斯	

會話

A	中 不可以！	
	英 No way.	
	音 弄 位	
B	中 喔，要不要這樣嘛！拜託啦！	
	英 Oh, come on. Please?	
	音 喔 康 忘 普利斯	

有一點。

Kind of.

砍特　歐夫

同義

有一點！
►Sort of.
蒐特　歐夫

有一點！
►A little bit.
A　裡頭　畢特

會話

A	中 你還在難過嗎？	
	英 Are you still upset?	
	音 阿　優　斯提歐　阿鋪塞特	
B	中 還有一點（難過）。	
	英 Kind of.	
	音 砍特　歐夫	

有人嗎？

Hello?
哈囉

同義

有人嗎？
▶ Anybody here?
安尼八弟　厂一爾

相關

有人在家嗎？
▶ Anybody home?
安尼八弟　厚

會話

A	中	有人嗎？
	英	Hello?
	音	哈囉
B	中	(我人)在這裡！
	英	Over here.
	音	歐佛 厂一爾

會話

A	中	哈囉，有人嗎？
	英	Hello? Anybody here?
	音	哈囉　安尼八弟　厂一爾
B	中	需要我幫忙嗎？
	英	May I help you?
	音	美 愛 黑耳ㄆ 優

離我遠一點！

Stay away from me!

斯得　ㄟ為　防　密

同義

別管我！
▶ Leave me alone.
　力夫　密　A弄

滾蛋！
▶ Get lost.
　給特　漏斯特

會話

A	中 你在這裡做什麼？
	英 What are you doing here?
	音 華特　阿　優　督引　ㄏㄧ爾
B	中 離我遠一點！
	英 Stay away from me!
	音 斯得　ㄟ為　防　密

會話

A	中 你還好吧？
	英 Are you OK?
	音 阿　優　OK
B	中 讓我一個人靜一靜！
	英 Leave me alone.
	音 力夫　密　A弄

面對現實吧！

Face it.

飛斯 一特

相關

讓我們面對這個難關吧！

▶Let's face this problem.
辣資 飛斯 利斯 撲拉本

會話

A	中	她老是拒絕我。
	英	She always turns me down.
	音	需 歐維斯 疼斯 密 黨
B	中	面對現實吧！你不是她喜歡的型。
	英	Face it. You are not her type.
	音	飛斯 一特 優 阿 那 喝 太撲

我不幹了！

I quit!

愛 魁特

會話

A	中 你知道嗎？我不幹了！
	英 You know what? I quit!
	音 優　弄　華特　愛 魁特
B	中 老兄，不要這樣！
	英 Come on, man.
	音 康　忘　賣せ

會話

A	中 我不幹了！
	英 I quit!
	音 愛 魁特
B	中 你說你不幹了是什麼意思？
	英 What do you mean you quit?
	音 華特　賭　優　密　優　魁特

有趣喔！

Interesting.

因雀斯聽

同義

有趣喔！
▶It's interesting.
依次　因雀斯聽

相關

酷喔！
▶It's cool.
依次　酷喔

會話

A	中 你看！	
	英 Check this out.	
	音 切客　利斯　巴特	
B	中 有趣喔！	
	英 Interesting.	
	音 因雀斯聽	

我們開門見山的説吧！

Let's get it straight.

辣資 給特 一特 斯踹特

同義

我們坦白地說吧！
▶Let's get it clear.
辣資 給特 一特 克里兒

只要告訴我事實！
▶Just tell me the truth.
賈斯特 太耳 密 勒 處司

會話

A	中	我們開門見山的說吧！
	英	Let's get it straight.
	音	辣資 給特 一特 斯踹特
B	中	你想要說什麼？
	英	What are you trying to say?
	音	華特 阿 優 踹引 兔 塞

會話

A	中	我覺得我們應該…
	英	I think we should...
	音	愛 施恩克 屋依 秀得
B	中	得了吧！我們開門見山的說吧！
	英	Come on. Let's get it straight.
	音	康 忘 辣資 給特 一特 斯踹特

273

這麼說吧！

Let's put it this way.

辣資　鋪 一特 利斯　位

會話

A	中	這麼說吧！
	英	Let's put it this way.
	音	辣資　鋪 一特 利斯 位
B	中	我不懂！
	英	I don't understand.
	音	愛 動特　航得史丹

事情很快就會過去的。

It's going to be over soon.

依次　勾引　兔　逼　歐佛　訓

會話

A	中 我無法不去想！	
	英 I can't stop thinking about it.	
	音 愛 肯特 司踏不　施恩慶　せ保特 一特	
B	中 事情很快就會過去了。	
	英 It's going to be over soon.	
	音 依次 勾引 兔 逼 歐佛　訓	

會話

A	中 事情很快就會過去的。	
	英 It's going to be over soon.	
	音 依次 勾引 兔 逼 歐佛　訓	
B	中 謝謝！沒有你我實在辦不到。	
	英 Thanks. I can't do that without you.	
	音 山克斯 愛 肯特 賭 類　慰勞　優	

事情百分百確定了！

It's going to happen.

依次　勾引　兔　黑噴

同義

確定了！
► It's for sure.
依次 佛 秀

沒錯！
► Definitely.
帶分尼特里

會話

A	中	事情已經百分百確定了！
	英	It's going to happen.
	音	依次 勾引 兔　黑噴
B	中	我們還能說什麼？
	英	What can we say?
	音	華特　肯　屋依塞

會話

A	中	這不是一個好主意。
	英	It's not a good idea.
	音	依次 那 ㄜ 估的 愛滴兒
B	中	抱歉！事情已經百分百確定了！
	英	Sorry. It's going to happen.
	音	蒐瑞 依次 勾引 兔　黑噴

那又怎樣？

So what?

蒐　華特

同義

那又如何？
►So?
蒐

會話

A	中 那又怎樣？ 英 So what? 音 蒐　華特	
B	中 沒關係！我一點都不在意。 英 It's OK. I don't care at all. 音 依次 OK 愛 動特 卡耳 ㄟ 歐	

會話

A	中 你怎麼可以如此對待他？ 英 How could you do this to him? 音 好　　苦糾　賭 利斯 兔 恨	
B	中 那又如何？ 英 So? 音 蒐	

你想要說什麼？

What are you trying to say?

華特　阿　優　踹引　兔　塞

會話

A	中	事情會有辦法解決的。
	英	It'll all work out.
	音	一我　歐　臥克　凹特
B	中	你想要說什麼？
	英	What are you trying to say?
	音	華特　阿　優　踹引　兔　塞

會話

A	中	你想要說什麼？
	英	What are you trying to say?
	音	華特　阿　優　踹引　兔　塞
B	中	算了！
	英	Never mind.
	音	耐摩　麥得

你少管閒事！

It's none of your business!

依次　那　歐夫　幼兒　逼斯泥斯

同義

別多管閒事！

▶ Mind your own business.
麥得　幼兒　翁　逼斯泥斯

會話

A	中 你會打電話給她，對嗎？	
	英 You will call her, won't you?	
	音 優　我　摳　喝　翁　優	
B	中 你少管閒事！	
	英 It's none of your business!	
	音 依次　那　歐夫　幼兒　逼斯泥斯	

這不是重點。

It's not the point.

依次 那　勒　波以特

同義

這不是重點！
▶You missed the point.
　優　密斯的　勒　波以特

相關

重點是什麼？
▶What's the point?
　華資　勒　波以特

請說重點！
▶To the point, please.
　兔　勒　波以特　　普利斯

會話

A	中	你為什麼這麼說？
	英	Why did you say that?
	音	壞　低　優　塞　類
B	中	這不是重點。
	英	It's not the point.
	音	依次 那　勒　波以特

你願意原諒我嗎？

Would you forgive me?

屋糾　佛寄　密

同義

請原諒我。
▶Please forgive me.
普利斯　佛寄　密

相關

上帝啊！請原諒我。
▶God, please forgive me.
咖的　普利斯　佛寄　密

請原諒我的過錯！
▶Please forgive my mistake.
普利斯　佛寄　買　咪斯坦克

會話

A	中 你願意原諒我嗎？	
	英 Would you forgive me?	
	音 　屋糾　佛寄　密	
B	中 我已經原諒你了！	
	英 I already did.	
	音 愛 歐瑞底　低	

什麼時間合適呢？

What time will it be all right?

華特　太ㄇ　我　一特　逼歐　軟特

會話

A	中	什麼時間合適呢？
	英	What time will it be all right?
	音	華特　太ㄇ　我　一特　逼歐　軟特
B	中	你覺得十點鐘好嗎？
	英	How about ten am?
	音	好　せ保特　天　am

會話

A	中	什麼時間合適呢？
	英	What time will it be all right?
	音	華特　太ㄇ　我　一特　逼歐　軟特
B	中	我晚上六點鐘會去接你。
	英	I'll pick you up at six pm.
	音	愛我　批課　優　阿鋪　ㄟ　細伊斯　pm

跟我來。

Follow me.

發樓　密

同義

跟我來！
▶Come with me.
　康　位斯　密

類似

這邊請！
▶This way, please.
　利斯　位　普利斯

會話

A	中	我不知道它在哪裡。
	英	I don't know where it is.
	音	愛 動特　弄　灰耳 一特 意思
B	中	跟我來。
	英	Follow me.
	音	發樓　密

會話

A	中	跟我來！
	英	Come with me.
	音	康　位斯　密
B	中	好！
	英	Sure.
	音	秀

賣多少錢？

How much?

好　罵區

同義

賣多少錢？
►How much is it?
好　罵區　意思　一特

賣多少錢？
►How much does it cost?
好　罵區　得斯　一特　寇斯特

你說要多少錢？
►How much did you say?
好　罵區　低　優　塞

會話

A	中 賣多少錢？ 英 How much? 音 好　罵區	
B	中 要兩百元。 英 It's two hundred dollars. 音 依次　凸　哼濁爾　搭樂斯	

我正要回家。

I'm on my way home.

愛門 忘 買 位 厚

相關

我回到家了。
► I'm home.
愛門 厚

會話

A	中 你要去哪裡？	
	英 Where are you off to?	
	音 灰耳 阿 優 歐夫兔	
B	中 我正要回家。	
	英 I'm on my way home.	
	音 愛門 忘 買 位 厚	

會話

A	中 我回到家了。有人在嗎？	
	英 I'm home. Hello?	
	音 愛門 厚 哈囉	
B	中 我人在這裡。	
	英 Over here.	
	音 歐佛 ㄏ一爾	

就這樣！

That's all!

類茲 歐

同義

我就要這些。

▶ That's all I need.
類茲 歐 愛 尼的

會話

A	中 還有其他東西嗎？	
	英 Anything else?	
	音 安尼性 愛耳司	
B	中 沒有，就這樣！	
	英 No, that's all!	
	音 弄 類茲 歐	

會話

A	中 就這樣！	
	英 That's all!	
	音 類茲 歐	
B	中 好的，先生。我馬上回來！	
	英 OK, sir. I'll be right back with you.	
	音 OK 捨 愛我 逼 軟特 貝克 位斯 優	

你出賣我！

You set me up!

優 塞特 密 阿鋪

會話

A	中 你出賣我！	
	英 You set me up!	
	音 優 塞特 密 阿鋪	
B	中 搞錯了吧！	
	英 That must be a mistake.	
	音 類 妹司特 逼 ㄜ 咪斯坦克	

會話

A	中 我告訴他們你的計畫了！	
	英 I told them your decision.	
	音 愛 透得 樂門 幼兒 低日訓	
B	中 你出賣我！	
	英 You set me up!	
	音 優 塞特 密 阿鋪	

我會考慮看看！

I'll think about it.

愛我 施恩克 也保特 一特

會話

A	中 我會考慮看看！	
	英 I'll think about it.	
	音 愛我 施恩克 也保特 一特	
B	中 好！決定好就打電話給我。	
	英 OK. Call me if you make up your mind.	
	音 OK 摳 密 一幅 優 妹克 阿鋪 幼兒 麥得	

會話

A	中 也許這對你來說是好事！	
	英 Maybe it's good for you.	
	音 美批 依次 估的 佛 優	
B	中 當然！我會考慮看看！	
	英 Sure. I'll think about it.	
	音 秀 愛我 施恩克 也保特 一特	

那就以後再說吧！

Maybe some other time.

美批　　桑　　阿樂　太ㄇ

會話

A	中	要不要和我去看電影？
	英	Would you like to see a movie with me?
	音	屋糾　賴克兔　吸ㄜ　母米　位斯　密
B	中	我很想去，可是我有其他計畫！
	英	I'd love to, but I have other plans.
	音	愛屋　勒夫　兔　霸特　愛　黑夫　阿樂　不蘭斯
A	中	沒關係！那就以後再說吧！
	英	It's OK. Maybe some other time.
	音	依次 OK　美批　　桑　　阿樂　太ㄇ

你在這裡喔！

There you are.

涙兒　優　阿

相關

給你！
▶Here you are.
ㄏㄧ爾 優 阿

會話

A	中 啊，你在這裡喔！	
	英 Ah, there you are.	
	音 啊　涙兒　優　阿	
B	中 有事嗎？	
	英 What's up?	
	音 華資　阿鋪	

會話

A	中 請給我你的護照。	
	英 May I see your passport?	
	音 美　愛　吸　幼兒　怕撕破	
B	中 好，給你！	
	英 Sure. Here you are.	
	音 秀　ㄏㄧ爾　優　阿	

要就要，不要就拉倒。

Take it or leave it.

坦克 一特 歐　力夫 一特

會話

A	中	要就要，不要就拉倒。
	英	Take it or leave it.
	音	坦克 一特 歐 力夫 一特
B	中	沒關係！
	英	It doesn't matter.
	音	一特 得任　妹特耳

會話

A	中	要就要，不要就拉倒。
	英	Take it or leave it.
	音	坦克 一特 歐 力夫 一特
B	中	算了！
	英	Forget it.
	音	佛給特 一特

我是單身。

I'm single.

愛門 心夠

反義

我結婚了！

▶I'm married.

愛門 妹入特

會話

A	中	你先生在哪裡？
	英	Where is your husband?
	音	灰耳 意思 幼兒 哈色奔
B	中	我是單身。
	英	I'm single.
	音	愛門 心夠

會話

A	中	來見見我的太太。
	英	Come to see my wife.
	音	康 兔 吸 買 愛夫
B	中	你太太？
	英	Your wife?
	音	幼兒 愛夫
A	中	對，我結婚了！
	英	Yes, I'm married.
	音	夜司 愛門 妹入特

我請客。

My treat.
買　楚一特

相關

我請你喝一杯。
▶I'll buy you a drink.
　愛我　百　　優　ㄜ　朱因克

會話

A	中 走，我請客。
	英 Let's go. My treat.
	音 辣資　購　買　楚一特
B	中 你真好心！
	英 It's very kind of you.
	音 依次　肥瑞　砍特　歐夫　優

會話

A	中 我請你喝一杯。
	英 I'll buy you a drink.
	音 愛我　百　　優　ㄜ　朱因克
B	中 現在？不用，謝謝！
	英 Right now? No, thanks.
	音 軟特　　惱　　弄　　山克斯

293

你哪會知道！

You wouldn't know.

優　　屋等　　　弄

相關

你永遠不會知道的！
▶You never know.
　優　耐摩　弄

會話

A	中	也許她會永遠陪著我們！
	英	Maybe she'll stay with us for good.
	音	美批　需我　斯得　位斯　惡斯　佛　佶的
B	中	你哪會知道！
	英	You wouldn't know.
	音	優　　屋等　　弄

會話

A	中	你永遠不會知道的！
	英	You never know.
	音	優　耐摩　弄
B	中	為什麼不會？
	英	Why not?
	音	壞　那

有什麼損失嗎？

What can it hurt?

華特　肯 一特　赫特

相關

又沒有什麼損失。
▶ That wouldn't hurt.
　類　　屋等　　赫特

會話

A	中 我不想這麼做！	
	英 I don't wanna do it.	
	音 愛 動特　望難　賭 一特	
B	中 有什麼損失嗎？	
	英 What can it hurt?	
	音 華特　肯 一特 赫特	

會話

A	中 聽好，又沒有什麼損失。	
	英 Listen, that wouldn't hurt.	
	音 樂身　　類　屋等　　赫特	
B	中 我真是不敢相信你剛剛說的話！	
	英 I can't believe what you just said.	
	音 愛 肯特　逼力福　華特　優 賈斯特 曬得	

有差別嗎？

Does it make any difference?

得斯 一特 妹克　安尼　　低粉斯

會話

A	中	有差別嗎？
	英	Does it make any difference?
	音	得斯 一特 妹克　安尼　　低粉斯
B	中	有，有差別！
	英	Yes, it does.
	音	夜司 一特 得斯

會話

A	中	你何不選紅色的這個？
	英	Why don't you choose this red one?
	音	壞　　動特　優　　去師　利斯 瑞德 萬
B	中	有差別嗎？
	英	Does it make any difference?
	音	得斯 一特 妹克　安尼　　低粉斯

不好笑！

It's not funny.

依次 那 放泥

反義

真是有趣！
▶It's funny.
依次 放泥

會話

A	中 你看！	
	英 Check this out.	
	音 切客 利斯 凹特	
B	中 不好笑！	
	英 It's not funny.	
	音 依次 那 放泥	

會話

A	中 你不覺得這個很好嗎？	
	英 Don't you think this is good?	
	音 動特 優 施恩克 利斯 意思 估的	
B	中 真是有趣！	
	英 It's funny.	
	音 依次 放泥	

不公平！

It's not fair.

依次 那 非耳

反義

很公平！
▶It's fair.
依次 非耳

會話

A	中 不公平！	
	英 It's not fair.	
	音 依次 那 非耳	
B	中 這就是你的命運！	
	英 This is your destiny.	
	音 利斯 意思 幼兒 得失特你	

會話

A	中 給你！	
	英 Here you are.	
	音 厂一爾 優 阿	
B	中 為什麼是我？不公平！	
	英 Why me? It's not fair.	
	音 壞 密 依次 那 非耳	

我們麻煩大了！

We're in big trouble.

屋阿　引 逼個　插伯

會話

A	中	我們麻煩大了！
	英	We're in big trouble.
	音	屋阿　引 逼個　插伯
B	中	你們怎麼啦？
	英	What happened to you?
	音	華特　黑噴的　　兔　優

會話

A	中	那是什麼東西啊？
	英	What the hell is that?
	音	華特　勒　害耳 意思 類
B	中	唉，我們麻煩大了！
	英	Well, we're in big trouble.
	音	威爾　屋阿　引 逼個　插伯

我們需要談一談！

We need to talk.

屋依 尼的 兔 透克

同義

我要和你談一談！
▶ I gotta talk to you.
愛 咯踏 透克 兔 優

會話

A	中	我們需要談一談！
	英	We need to talk.
	音	屋依 尼的 兔 透克
B	中	什麼事？
	英	What's up?
	音	華資 阿鋪

會話

A	中	我要和你談一談！
	英	I gotta talk to you.
	音	愛 咯踏 透克 兔 優
B	中	現在？我現在有一點忙！
	英	Right now? I'm kind of busy now.
	音	軟特 惱 愛門 砍特 歐夫 逼日 惱

你瘋啦！

You're crazy.

優矮　虧理

類似

你瘋啦？
▶Are you crazy?
　阿　優　虧理

會話

A	中	你瘋啦！
	英	You're crazy.
	音	優矮　虧理
B	中	我沒有！我真的有看見啊！
	英	I am not. I did see it.
	音	愛 M　那 愛 低 吸 一特

會話

A	中	你瘋啦？
	英	Are you crazy?
	音	阿　優　虧理
B	中	隨便你怎麼說！
	英	Whatever you said.
	音	華特A模　優　曬得

你知道有一句古諺嗎？

You know the old saying...

優　　弄　　勒　歐得　塞引

會話

A	中	你知道有一句古諺嗎？
	英	You know the old saying...
	音	優　　弄　　勒　歐得　塞引
B	中	什麼古諺？
	英	What old saying?
	音	華特　歐得　塞引

會話

A	中	你知道有一句古諺嗎？
	英	You know the old saying...
	音	優　　弄　　勒　歐得　塞引
B	中	我正在聽，你說吧！
	英	I'm listening.
	音	愛門　樂身因
A	中	他們不能過去。
	英	They can't go there.
	音	勒　肯特　購　淚兒

事情就是這樣啦！

That's the way it goes.

類茲　勒　位 一特 勾斯

會話

A	中 我不懂！	
	英 I don't understand.	
	音 愛 動特　　 慨得史丹	
B	中 事情就是這樣啦！	
	英 That's the way it goes.	
	音 類茲　勒　位 一特 勾斯	

會話

A	中 事情就是這樣啦！	
	英 That's the way it goes.	
	音 類茲　勒　位 一特 勾斯	
B	中 但是很不公平啊！	
	英 But it's not fair.	
	音 霸特 依次 那 非耳	

你從事什麼工作？

What do you do?

華特　賭　優　賭

相關

你家裡有幾個人？
▶How many persons are there in your family?
好　沒泥　波審斯　阿　淚兒　引　幼兒　非摸寧

你多大年紀？
▶How old are you?
好　歐得　阿　優

會話

A	中	你從事什麼工作？
	英	What do you do?
	音	華特　賭　優　賭
B	中	我是老師！
	英	I'm a teacher.
	音	愛門　ㄜ　踢球兒

會話

A	中	你家裡有幾個人？
	英	How many persons are there in your family?
	音	好　沒泥　波審斯　阿　淚兒　引　幼兒　非摸寧
B	中	有五個人！
	英	There are five.
	音	淚兒　阿　肥福

我們還要走多遠？

How far do we have to go?

好　罰　賭　屋依 黑夫　兔　購

相關

離這裡很遠嗎？
▶Is it far from here?
意思 一特 罰 防 ㄏ一爾

會話

A	中 我們還要走多遠？	
	英 How far do we have to go?	
	音 好　罰　賭　屋依 黑夫　兔　購	
B	中 誰知道？	
	英 Who knows?	
	音 乎　　弄斯	

會話

A	中 離這裡很遠嗎？	
	英 Is it far from here?	
	音 意思 一特 罰 防 ㄏ一爾	
B	中 是的！你何不搭計程車過去？	
	英 Yes. Why don't you take a taxi?	
	音 夜司　壞　動特　優　坦克 ㄜ 胎克司	

事情不趕啦！

There is no hurry.

淚兒　意思　弄　喝瑞

相關

一點都不趕啦！
►No hurry at all.
　弄　喝瑞　ㄟ　歐

會話

A	中 我馬上回來處理！	
	英 I'll be right back.	
	音 愛我　逼　軟特　貝克	
B	中 沒關係，事情不趕啦！	
	英 It's OK. There is no hurry.	
	音 依次　OK　淚兒　意思　弄　喝瑞	

會話

A	中 快一點，我們上學要遲到啦！	
	英 Hurry up. We'll be late for school.	
	音 喝瑞　阿鋪　屋阿　逼　淚特　佛　斯庫兒	
B	中 一點都不趕啦！	
	英 No hurry at all.	
	音 弄　喝瑞　ㄟ　歐	

我辦不到啦！

I can't do it.

愛 肯特 賭 一特

會話

A	中 我辦不到啦！	
	英 I can't do it.	
	音 愛 肯特 賭 一特	
B	中 為什麼不行？	
	英 Why not?	
	音 壞 那	

會話

A	中 嗯，你覺得呢？	
	英 Well, what do you think?	
	音 威爾 華特 賭 優 施恩克	
B	中 我不知道啦！我辦不到啦！	
	英 I don't know. I can't do it.	
	音 愛 動特 弄 愛 肯特 賭 一特	

你在做什麼？

What are you doing?

華特　阿　優　督引

會話

A	中 你在做什麼？	
	英 What are you doing?	
	音 華特　阿　優　督引	
B	中 我正在數星星。	
	英 I'm counting the stars.	
	音 愛門　考聽　勒　司打斯	

會話

A	中 你在做什麼？	
	英 What are you doing?	
	音 華特　阿　優　督引	
B	中 喔，沒事啊！	
	英 Oh, nothing at all.	
	音 喔　那性　ㄟ　歐	

有一件事有問題喔！

There's one thing wrong.

涙兒斯　萬　性　弄

會話

A	中 有一件事有問題喔！	
	英 There's one thing wrong.	
	音 　涙兒斯　萬　性　弄	
B	中 什麼事？	
	英 What is that?	
	音 　華特　意思　類	

會話

A	中 你有問題嗎？	
	英 Do you have any questions?	
	音 　賭　優　黑夫　安尼　魁私去斯	
B	中 有的，老師，有一件事有問題喔！	
	英 Yes, sir, there's one thing wrong.	
	音 　夜司　捨　涙兒斯　萬　性　弄	

我們出發囉！

Here we go.

ㄏㄧ爾 屋依 購

相關

我們走吧！
► Let's go.
辣資 購

會話

A	中 準備好了嗎？ 英 Are you ready? 音 阿 優 瑞底	
B	中 是的！我們準備好了！ 英 Yes. We're ready. 音 夜司 屋阿 瑞底	
A	中 我們出發囉！ 英 Here we go. 音 ㄏㄧ爾 屋依 購	

會話

A	中 我們出發囉！ 英 Here we go. 音 ㄏㄧ爾 屋依 購	
B	中 等一下，大衛人呢？ 英 Wait! Where is David? 音 位特 灰耳 意思 大衛	

我們可以走了嗎？

Shall we?

修　屋依

會話

A	中 我們可以走了嗎？
	英 Shall we?
	音 修　屋依
B	中 當然可以！
	英 Sure.
	音 秀
A	中 很好！快點，我們走吧！
	英 Good. Come on, let's go.
	音 估的　　康　忘　辣資　購

會話

A	中 我們可以走了嗎？
	英 Shall we?
	音 修　屋依
B	中 等一下，我要去拿…
	英 Wait a moment. I've got to take...
	音 位特 さ 摩門特　愛夫　咖　兔　坦克
A	中 快一點！
	英 Hurry up!
	音 喝瑞　阿舖

311

有聲文法書 + 練習題 =

聽說讀寫一把罩！

搭配聲音與篇章情境，
易入門好攜帶，

英文文法變得實用又有趣！

ENGLISH
GRAMMAR

學習效率

每天一個單元頂多
花你 20 分鐘的時間
就可以在 7 天之內
學習本書的全部內容

QR Code 隨掃隨聽音檔

不論是在國內生活
或是國外旅遊
本書都能幫助您輕鬆
面對英文的情境

史上超強英文學習手冊！！

你曾經逃避說英文嗎？

本書保證讓您在最短的時間內，
就可以開口說英文。

在必須說英文的場合中，
不要再當個說不出話的沉默者，
哪怕只是說一句 I see!
都可以化解彼此的尷尬。

向外國人介紹美麗的台灣、甚至遇到緊急狀況……

打招呼　問路　登機　逛街殺價　訂餐廳

有了這本超實用的英語旅遊會話書，
英文不好也能玩翻天！

根據 各種情境 歸納成十一種主題，
在不同時間、不同場所時，
面對不同對象時的對話例句。

旅遊英文
一點就通

本書彙整 **超過一千個** 實用單字

有了這本書，
讓您搭飛機、過海關不慌張

出國觀光更自在！

連如何到銀行開戶、
牙痛看醫生也沒問題！